A EXTRAORDINÁRIA
COZINHA DOS LIVROS

KIM JEE-HYE

A EXTRAORDINÁRIA
COZINHA DOS LIVROS

책들의 부엌

1ª edicão
1ª reimpressão

TRADUÇÃO:
Juliane Ferreira da Silva Santos

GUTENBERG

Copyright © 2022 Sam & Parkers Co. Ltd.
Copyright desta edição © 2025 Editora Gutenberg

Título original: 책들의 부엌

Todos os direitos reservados pela Editora Gutenberg. Nenhuma parte desta publicação poderá ser reproduzida, seja por meios mecânicos, eletrônicos, seja via cópia xerográfica, sem autorização prévia da Editora.

EDITORA RESPONSÁVEL
Flavia Lago

EDITORAS ASSISTENTES
Samira Vilela
Natália Chagas Máximo

PREPARAÇÃO DE TEXTO
Luara França

REVISÃO
Samira Vilela

CAPA
Yulia Nikitina

ADAPTAÇÃO DE CAPA
Alberto Bittencourt

DIAGRAMAÇÃO
Guilherme Fagundes

Os personagens e as situações desta obra são reais apenas no universo da ficção; não se referem a pessoas e fatos concretos e não emitem opinião sobre eles.

**Dados Internacionais de Catalogação na Publicação (CIP)
(Câmara Brasileira do Livro, SP, Brasil)**

Jee-Hye, Kim
   A Extraordinária Cozinha dos Livros / Kim Jee-Hye ; tradução Juliane Ferreira da Silva Santos. -- 1. ed. ; 1. reimp. São Paulo : Gutenberg, 2025.

   Título original: 책들의 부엌

   ISBN 978-85-8235-782-8

   1. Ficção sul-coreana I. Título.

24-237693   CDD-895.73

Índices para catálogo sistemático:

1. Ficção : Literatura sul-coreana 895.73

Cibele Maria Dias - Bibliotecária - CRB-8/9427

A **GUTENBERG** É UMA EDITORA DO **GRUPO AUTÊNTICA**

São Paulo
Av. Paulista, 2.073 . Conjunto Nacional
Horsa I . Salas 404-406 . Bela Vista
01311-940 . São Paulo . SP
Tel.: (55 11) 3034 4468

Belo Horizonte
Rua Carlos Turner, 420
Silveira . 31140-520
Belo Horizonte . MG
Tel.: (55 31) 3465 4500

www.editoragutenberg.com.br
SAC: atendimentoleitor@grupoautentica.com.br

Prólogo – A Extraordinária Cozinha dos Livros   7

1 – Vovó e o céu noturno   13

2 – Adeus, meus vinte anos   49

3 – A melhor rota e a rota mais curta   77

4 – Sonho de uma noite de verão   107

5 – Segunda sexta-feira de outubro, seis da manhã   141

6 – Primeira neve, saudades e histórias   177

7 – Porque é Natal   197

Epílogo 1 – Tempo onde a luz das estrelas e o vento moram   235

Epílogo 2 – Hoje, há 1 ano   241

Palavras da autora   247

Prólogo
A Extraordinária Cozinha dos Livros

O orvalho que se acumulara nos galhos do pé de umê durante a madrugada desaparecera, deixando um rastro úmido. Apesar do sol fraco, assim que a luz de primavera recaía sobre a árvore, todo o entorno se tornava mais ameno, pois era como se o ar de primavera soprasse no meio da face seca e dura do inverno.

Eram duas da tarde. Yujin conferia o acabamento do piso de cerâmica quando, de repente, ergueu a cabeça. Deixara a janela completamente aberta para dispersar o cheiro de reforma, mas agora o vento trazia um doce e distinto aroma. Do lado de fora, o pé de umê sacudia levemente suas folhas verde-claras, como se dissesse "olá". Botões prestes a florescer concentravam-se nos galhos do lado sombreado, e do lado ensolarado, pequenas flores cobertas de orvalho erguiam suas pétalas brancas como um bebê acordando de uma soneca.

Yujin se aproximou da janela e abriu a tela de proteção contra insetos. A superfície, sem nenhuma partícula de poeira, deslizou suavemente. Como se estivesse à espera, o vento que soprava do pé da montanha entrou com uma lufada. Ao mesmo tempo, o leve perfume de umê preencheu o quarto. Enquanto examinava as pétalas semelhantes a flocos de neve, ela se deu conta de que era a primeira vez que via um pé de umê assim, tão de perto. As pétalas brancas lembravam a cor do piso da Cozinha dos Livros, às vésperas da inauguração. Além das flores de umê, colchas brancas recém-lavadas tremulavam ao vento, esperando os primeiros hóspedes. Yujin não sabia se o doce e peculiar aroma que a arrebatara há pouco era das flores ou do amaciante, mas ela se sentia radiante como um botão de flor.

Virando as costas para a janela, Yujin passou os olhos mais uma vez pelo interior do café: estava cercada por estantes de livros que iam até o teto, a maioria ainda vazia, sem nenhum livro. Parecia um mostruário de móveis. No lugar onde os livros seriam colocados, a iluminação indireta brilhava suavemente, como se estivesse iluminando um palco vazio.

Em breve este espaço será invadido pelo cheiro de livros, pensou ela.

Nesse momento, uma folha grande colada com fita na parede chamou sua atenção. Era a planta baixa, concluída após infinitas ponderações e ajustes. Havia marcações feitas a lápis e caneta aqui e ali, e também notas sobre pequenas alterações. O desenho, meio amassado e desgastado, parecia destoar do restante da construção, nova e impecável. Yujin passou gentilmente o dedo sobre a marca de uma anotação. Ainda era difícil acreditar que aquilo que vira apenas em desenho havia se tornado realidade.

A Cozinha dos Livros era um conjunto de quatro edificações que combinavam um café, onde livros seriam vendidos e diversos eventos seriam realizados, e uma pousada literária, onde as pessoas poderiam ler e descansar. A pousada consistia em três construções separadas, cada uma sendo um alojamento de dois andares. A edificação restante foi planejada para ser um café e uma livraria no térreo, além de um espaço para funcionários no primeiro andar. Esses quatro blocos eram interligados por um jardim central, coberto por uma cúpula de vidro. Em outras palavras, os quatro prédios ficavam em torno do jardim, dispostos em forma de cruz.

O café tinha o pé-direito alto e sua fachada era de vidro, proporcionando uma vista panorâmica da região de Soyang, que parecia uma pintura. Através do vidro, podia-se ver as sinuosas montanhas estendendo-se por detrás do pé de umê. Observando essas curvas enormes e suaves, Yujin se perguntou se não estaria sonhando acordada. Sua cidade natal, Seul – repleta de arranha-céus, lojas de conveniência 24 horas, franquias de café, linhas de metrô densamente conectadas e grandes complexos de apartamentos – parecia muito mais real do que Soyang.

– Yujin *nuna*, venha ver se isso está certo! – chamou Shiwoo, do lado de fora.

– Está bem, só um minuto!

Com a mão direita, Yujin fechou a tela de proteção e, com a esquerda, guardou a trena no bolso do avental antes de sair correndo. Shiwoo e Hyeongjun estavam ajustando uma placa de dois metros que seria pendurada no pequeno café.

A placa exibia em letras grandes: "A Extraordinária Cozinha dos Livros se prepara para abrir. Faça sua reserva a partir de 1º de abril!". Abaixo, o número de telefone e a conta do Instagram foram escritos lado a lado.

– É, acho que está bom. Esperem aí, vou tirar uma foto.

Yujin sacou o celular do bolso do avental e tirou uma foto sem ajustar o foco. Era só para verificar se o banner estava devidamente na horizontal, então não pensou muito a respeito. Neste momento, ela não tinha ideia de quão nostálgica se sentiria ao ver essa foto por acaso, alguns meses depois. Na imagem, Shiwoo exibia um largo sorriso enquanto o vento bagunçava seu cabelo, e Hyeongjun mantinha sua expressão indiferente de sempre.

O primo mais novo, Shiwoo, e o funcionário Hyeongjun, natural de Soyang-ri, eram como água e vinho. Shiwoo, de temperamento agitado, extrovertido e sociável, e Hyeongjun, reservado, introvertido e, ao mesmo tempo, independente, pareciam estar cada um de um lado do espectro das emoções. Observando Shiwoo, que vinha correndo para ver a foto, e Hyeongjun, que andava como quem não quer nada, Yujin pensou como seria bom se houvesse alguém que fosse a mistura dos dois.

— Shiwoo, você não acha que o lado esquerdo está um pouco mais levantado?

Shiwoo inclinou a cabeça e olhou demoradamente para a tela do celular antes de responder:

— Não sei, não. Acho que só dá essa impressão porque a fundação daqui, onde era o depósito, é um pouco inclinada.

— O que você acha, Hyeongjun?

— Bem, para mim... parece bom.

— Não falei?

Shiwoo e Hyeongjun entreolharam-se e, sorrindo ao mesmo tempo, fizeram um "bate aqui". Nessas horas, eles pareciam gêmeos que compartilhavam a mesma alma.

Vendo os dois de costas, Yujin deu uma risadinha e olhou ao redor da Cozinha dos Livros, situada bem ao pé das sinuosas montanhas. As quatro construções modernas erguiam-se como itens surgindo de uma realidade paralela. Ela não conseguia dizer quanto tempo havia se passado, em que ano ou dia da semana estava. A jornada dos últimos dez meses parecia um sonho que ela esqueceria assim que acordasse.

Se lhe perguntassem por que estava abrindo uma livraria no interior, não conseguiria responder de imediato. Yujin sempre dizia que, se um dia se aposentasse, gostaria de viver rodeada por livros, em meio a um bosque tranquilo, mas nunca imaginou que, aos trinta e dois anos, estaria administrando um café e uma pousada literária em Soyang-ri.

No entanto, a partir do momento em que decidiu comprar aquele terreno, uma rotina turbulenta a engoliu como um furacão. Ela solicitou o registro como empreendedora e devolveu às pressas o apartamento onde morava, num prédio misto de residências e comércio, para usar o dinheiro do depósito como entrada na compra do terreno. Aguardou ansiosamente pelo resultado da análise de empréstimo para o financiamento do terreno e, para custear as taxas de homologação e a construção, vendeu quase todos seus investimentos. Estudou os procedimentos para a obtenção da licença de funcionamento e fez um curso de barista para aprender o básico sobre café. Ficou até de madrugada investigando a fundo a planta baixa feita pelo arquiteto apresentado por Shiwoo. Escolher os livros para a livraria, negociar e produzir produtos da marca como canecas, blocos de notas e ecobags também demandaram muito trabalho. Yujin escolheu a mobília, a decoração, a iluminação e os eletrônicos com muito cuidado, consultando inúmeras referências e revistas de design de interiores.

Além disso, levou mais de duas semanas para decidir o nome "A Extraordinária Cozinha dos Livros". Enquanto refletia sobre qual seria o nome adequado para um espaço repleto de livros, pensou que cada livro carrega um sabor único em suas páginas, e que esse sabor pode ser percebido de maneira diferente, dependendo do gosto de cada pessoa. Do desejo de criar um espaço onde os livros são recomendados de acordo com o paladar de cada um, assim como pratos em um restaurante, e onde a leitura proporciona um descanso para a mente, da mesma forma que uma refeição apetitosa tem um efeito curativo, veio o nome "A Extraordinária Cozinha dos Livros". Yujin esperava que, atraídas pelo cheiro delicioso dos exemplares, as pessoas pudessem se reunir, abrir seus corações, ser consoladas e encorajadas naquele espaço. Por fim, quando o furacão de emoções de Yujin se acalmara, ela percebeu que havia adentrado um mundo desconhecido.

Naquele momento, contudo, estava com fome. Só havia comido um donut duro e meia maçã pela manhã. O plano era sair para almoçar depois de receber os livros que encomendara para o café, já que a entrega estava prevista para antes do meio-dia, mas já passava das duas e não havia sinal deles. Era comum os entregadores se perderem no caminho, já que o endereço exato ainda não estava registrado nos sistemas de navegação, e acabavam atrasando. Yujin olhou para Shiwoo e Hyeongjun, que discutiam enquanto observavam algo no tablet.

– Meninos, não sei quando os livros vão chegar. E se a gente for ao centro almoçar e passar no mercado? Você pode ir de lá direto para casa, Hyeongjun.

Vovó e o céu noturno

No Ensino Fundamental, a principal atividade de Dain nos fins de semana era participar de audições. Na verdade, essa era quase toda a sua rotina. Os avaliadores diziam que ela cantava bem, mas os rumores sobre seu rosto não ser bonito como o de uma celebridade perseguiam-na, como uma sombra. Ela também sabia disso. Quando via no espelho o reflexo do próprio rosto apenas com protetor solar e as bochechas gordas, lembrava-se das crianças lindas que vira nas audições. Era claro que não haviam passado por cirurgia plástica, mas suas feições eram como as de bonecas. Eram crianças que, ao andarem pelas ruas, atraíam a atenção de todos, independentemente de gênero ou idade, fazendo com que as pessoas as olhassem fixamente, conscientes disso ou não. Quando ia para as audições, Dain olhava fascinada para aquelas crianças de aparência deslumbrante, como se estivesse diante de artistas já consagrados. Perguntava-se se existia alguma escola especial para jovens talentos que formava celebridades.

Quando Dain fez sua estreia como cantora em uma pequena produtora sob o nome artístico de "Diane", ninguém a notou. Era um mundo onde dezenas de grupos de idols estreavam a cada ano, mas apenas dois ou três vingavam, enquanto o resto desaparecia na surdina. Em poucos meses, o nome do grupo que não conseguia chamar a atenção era esquecido como uma casa abandonada. Além disso, era a primeira vez que a produtora de Dain cuidava de uma cantora novata. Claro, haviam contratado meia dúzia de funcionários com experiência na indústria, mas o marketing, os conceitos de figurino e afins não se comparavam aos de uma grande agência. O clima era quase de uma escola: "Que tal isso?", "Ouvi dizer que dá para fazer daquele jeito". Gastavam horas nessas conversas, chamadas de "reuniões", para no final chegarem a um acordo: "Dain não se encaixa no conceito de idol". Essa era a única certeza.

O grupo feminino D-licious dominava os palcos da Coreia do Sul naquela época. Quando o assunto era idols, só se pensava em D-licious. Todas elas, sem exceção, tinham as proporções corporais de uma boneca Barbie, piscadelas charmosas, faziam poses fofas e tinham sorrisos que pareciam ter sido salpicados com o pó das fadas mais felizes do mundo.

Certo, não posso mesmo ser chamada de idol, Dain se convencera ao olhar para elas. Mas, se o mundo não a colocasse naquela categoria, ela ficaria perdida, sem saber como se definir. Considerara usar sua estreia ainda jovem como uma estratégia de marketing, mas isso foi bem no tempo em que adolescentes ainda mais novos que ela se preparavam para estrear. E algo como "embora ela tenha essa aparência fofinha, sua potência vocal é suficiente para desbancar Mariah Carey" não conseguiria despertar interesse nas pessoas. Naquela época, como não escrevia letras nem compunha, não podia se promover como cantora-compositora.

No entanto, três anos após sua estreia como Diane, ela ganhou o apelido de "irmãzinha da nação". Sua maior arma era o talento que tinha para ouvir e contar histórias. Na noite em que substituiu por acaso um convidado fixo em um programa noturno de rádio, alcançou a mais alta taxa de audiência da semana. O produtor da rádio a escalou como convidada fixa nesse programa e, nos seis meses seguintes, ela se tornou presença certa em cinco programas de rádio.

Seu jeito caloroso de falar desempenhava um papel crucial ao temperar as histórias dos convidados. O tom ligeiramente rouco, porém adorável, fazia a transmissão de rádio parecer uma conversa entre amigos. Dain brilhava, adorável e encantadora como um muffin de chocolate feito com todo o coração, mesmo que um pouco desajeitado. Todos se sentiam reconfortados pelas palavras dela, que acalentavam profundamente o coração dos convidados. Além disso, as apresentações surpresas foram um destaque. Os vídeos de Diane cantando com perfeição "Hero", de Mariah Carey, que exige uma tremenda potência vocal, e sua doce voz acompanhada de violão acústico em "Lucky", de Jason Mraz, começaram a viralizar no YouTube.

A sua primeira música a entrar no top 10 das paradas foi "Spring Day", um jazz acústico sobre uma trabalhadora de meio período em uma loja de conveniência que sonha em viajar para o Marrocos quando a primavera chegar, e que combinava perfeitamente com o timbre singular de Dain. Quando a música, que fugia da batida e melodia típicas do k-pop, de um estilo meio indie, mas com acordes populares, saiu em um álbum, teve uma recepção morna. Porém, depois que um idol cantou alguns versos da canção em um programa de variedades, o jogo virou. O vídeo de alguns estudantes do Ensino Médio dançando "Spring Day" em uma excursão escolar deu o que falar, e a música também foi usada como fundo musical em um anúncio de celular. Três meses após o lançamento, o álbum começou a subir nas paradas musicais, fato que ia na contramão dos feitos tradicionais. Depois disso, parecia que a carreira de Dain havia decolado. O single digital "That's Enough" alcançou o primeiro lugar nas paradas assim que foi lançado, e manteve essa posição por um mês. O videoclipe bateu recordes de visualização no YouTube e choveram ofertas de trabalho para Dain, principalmente como modelo em comerciais.

Todos os anunciantes perceberam imediatamente que Diane, dona de uma voz pura e cristalina e um rosto discreto, era uma estrela em ascensão.

Em um piscar de olhos, Dain dera um salto gigantesco e encontrava-se nas nuvens. Até três meses antes, quase ninguém sabia da existência de "Diane", mas agora muitas pessoas passaram a reconhecê-la. Seu nome estava no topo das listas de todos os diretores criativos, e ela recebia uma avalanche de pedidos de colaboração em álbuns de outros artistas. A recepção no exterior também foi ótima, com suas músicas alcançando altas posições nas paradas do iTunes Ásia. Os fãs, que cresceram de uma hora para outra como uma explosão, tratavam Dain como se ela fosse uma deusa onisciente e onipotente.

Dain ficou apreensiva. Ela era exatamente a mesma de três meses atrás, mas, de repente, o mundo começou a tratá-la de uma maneira bem diferente. As pessoas ficaram fanáticas por suas habilidades. Ela procurava se manter sóbria, pensando que sua fama poderia ser como uma espuma efervescente que, depois de muito borbulhar, simplesmente desaparece.

O tempo correu freneticamente como uma batida acelerada de música pop. Dain ostentava o título de estrela há oito anos. A imagem que o público tinha dela era a de uma "garota amável", imaginando-a como uma menina doce, parecida com um *macaron* de cor pastel. Nos videoclipes, Diane sorria de forma adorável enquanto dançava dentro de um vestido floral com pregas. Os fãs masculinos aguentavam a solidão no dia dos namorados assistindo aos seus vídeos. Durante anos, fora a inspiração número um das adolescentes.

A verdade é que Dain preferia moletons acromáticos a vestidos florais. Mesmo no estúdio de gravação, ficava tranquila, absorta em seu próprio universo. Estava longe de ter uma vida agitada como a de uma modelo em propagandas de vitaminas. Na adolescência, ela não era do tipo que se entusiasmava com bonecas ou presentes de Natal. Em vez disso, gostava de ficar sozinha e mergulhar fundo em seus próprios pensamentos, contemplando o sentido da vida, da morte e tudo mais. Claro que era amável com os pais, mas não era um poço de fofura nem tagarela. Não tinha o costume de externar suas emoções mais profundas, mas era atenciosa com cada pessoa e cuidava delas em silêncio.

Talvez por isso, Dain sempre sentira que sua imagem projetada nos comerciais e programas de variedade era artificial. E também temia que, a qualquer momento, o interesse e o carinho do público pudessem se transformar em críticas e dedos apontados.

Era sua primeira quinta-feira livre em muito tempo. Dain pretendia dormir até tarde, mas não conseguiu e acordou sentindo-se abatida e cansada. Seu sono fora agitado, e já passava das três da madrugada quando finalmente parou de se revirar na cama e adormeceu, mas, depois de um sonho atrás do outro, ainda não se sentia descansada.

Em um dos sonhos, Dain corria de salto alto por um corredor longo e estreito, atrasada para um programa de rádio ao vivo. Logo, o cenário mudou para um estúdio de talk show onde ela era apresentadora. Enquanto Dain continuava a falar animada, o rosto do convidado foi endurecendo sem motivo e, pouco a pouco, se tornou inexpressivo. Ela teve que lutar para continuar falando, pois se sentia perturbada com a cena, mas o monitor mostrava um close de seu desconforto.

Quando Dain acordou, sobressaltada, a última cena do sonho se dissipava como fumaça. Com os olhos semicerrados e os cabelos desgrenhados, foi até a sala e ligou a TV. Na tela, sua maquiagem estava impecável, e ela falava alegremente com um sorriso brilhante, perfeito para um talk show. No videoclipe que antecedeu o final da transmissão, Diane estava inacreditavelmente adorável, graciosa e charmosa.

De repente, Dain sentiu que aquela sua versão na TV era uma concha vazia. Aquilo a transtornara. Ser cantora era seu sonho desde criança, mas ela não começara a cantar para ser amada pelas outras pessoas. Achava que poderia conquistar o público com seu próprio estilo de música e jeito de falar, que seria aceita por isso, mas estava enganada. Em algum momento, Diane tornou-se um bichinho de estimação do público.

Naquela noite, quando estava deitada na cama, as batidas de seu coração de repente retumbaram em seus ouvidos: ruídos que lembravam o barulho de um trem ao longe, e logo o som ficou mais alto, como se o trem estivesse se aproximando rapidamente. E então, Dain sentiu falta de ar. Era a sensação de estar sendo lentamente estrangulada por alguém na escuridão. Podia sentir a respiração enfraquecendo e rareando.

De súbito, Dain parecia estar em um sonho no qual se tornara um animal preso em uma gaiola de vidro exposta ao público. Era um macaquinho que fazia as crianças caírem na gargalhada; depois, se transformou em um pinguim-imperador adorado por assalariados na casa dos vinte anos. Em seguida, virou o panda mais popular do zoológico, escondendo suas emoções por trás de um largo sorriso. A gaiola de vidro permitia que todos os espectadores tivessem uma visão 360 graus de seu corpo; transmitida ao vivo pelo celular, o público podia escolher todas as roupas, a cor da pele e os acessórios que ela usava, como se estivessem selecionando itens em um jogo. Não havia espaço para Dain expressar seu choque, sua tristeza, sua raiva ou sua solidão.

***

    Dain tinha saudades da avó. Ao contrário da neta, ela fora uma otimista incorrigível. Mesmo quando surgia alguma dificuldade ou frustração, saía para uma caminhada ao sol e voltava completamente recuperada, pronta para começar um novo dia. Na avó, não se viam mudanças emocionais intensas, sempre fora calma como um lago.
    Para Dain, as mãos da avó foram um cobertor suave e acolhedor. Quando ia visitá-la após mais de uma semana sem dormir direito, a avó a recebia com um sorriso bondoso e um afago gentil, sem perguntar nada.
    A verdade é que a avó quase não ouvira as músicas de Dain. Antes mesmo de a neta fazer sucesso, ela já sofria de zumbido severo nos ouvidos, por isso raramente escutava rádio ou assistia à televisão, e Dain gostava disso. Ao seu redor, muitas pessoas davam opiniões superficiais, dizendo como a nova canção era incrível ou como certas partes eram mais fracas em relação ao álbum anterior, mas Dain apreciava o toque áspero porém gentil da avó, que lhe cedera os ombros sem dizer nada e a via como ela era.
    Com o cafuné da avó, Dain adormecia num instante. Desde o vento que soprava nos beirais da *hanok*, tradicional casa coreana, até o aroma gostoso de ensopado, passando pelo latido distante de um cachorro e pela luz alaranjada que se intensificava ao pôr do sol, tudo parecia desejar que Dain adormecesse. Ali, a energia positiva e luminosa da avó era transmitida para ela, fazendo com que Dain dormisse por dez horas sem sonhar e, quando acordava, as duas saíam para passear pela vizinhança. Elas compravam frutas na beira da estrada e, nos dias de trabalho, escolhiam roupas resistentes. Traziam comida do mercado local, colhiam alface e pimenta cultivadas na horta do quintal, tiravam uma colher de pasta de pimenta dos potes de barro e misturavam

em um prato, adicionando óleo e sementes de gergelim torradas antes de comer.

Vir para Soyang fora uma decisão impulsiva. Dain sabia muito bem que a avó não estava mais ali. Três anos antes, ela fora para uma casa de repouso, e há um ano, partira de vez desse mundo. O terreno com as quatro casas tradicionais, de mais de 150 anos, fora vendido há tempos para arcar com as despesas médicas e evitar os custos de manutenção. Dain soube que a casa da avó fora demolida e se tornara um hotel há dois anos. Por telefone, sua mãe lhe dissera que o único lugar que ainda permanecia de pé era o depósito, o esconderijo preferido de Dain quando brincava de esconde-esconde na infância.

O depósito era uma manifestação do caos. Não havia janelas, exceto por uma pequena fresta logo abaixo do teto. Assim, mesmo em pleno sol ardente do meio-dia, o depósito ainda era escuro. Quando brincavam de esconde-esconde, as outras crianças jamais conseguiam encontrar Dain, que se escondia no grande guarda-roupa de madrepérola, junto de livretos velhos e sacos de arroz. Por medo de encontrar aranhas e outros insetos entre as pás de jardim, argolas de nariz de gado, pilões, pilhas de papéis misteriosos, molduras e antigos equipamentos de ginástica, as crianças só davam uma olhada rápida e logo desapareciam.

A EXTRAORDINÁRIA COZINHA DOS LIVROS
SE PREPARA PARA ABRIR.
FAÇA SUA RESERVA A PARTIR DE 1º DE ABRIL!

Dain fitava o banner. Abaixo havia a descrição: "Extraordinária cozinha dos livros, repleta de páginas de consolo e encorajamento. Pousada literária & café, onde se lê, escreve e compartilha". Estava tão absorta em pensamentos que não sentiu o vento soprar.

Ela suspirou baixinho. Se tivesse conseguido, teria comprado o terreno da casa da avó. Pensou em usá-la como casa de veraneio ou estúdio, mas o pai não queria que Dain se debruçasse sobre os vestígios da avó. Ele queria que ela se lembrasse do amor transbordante da avó, mas não que se desgastasse em meio a emoções. O pai sabia da insônia de Dain, mas não fazia ideia da síndrome do pânico. De qualquer forma, esperava que a filha guardasse com carinho as lindas memórias da avó. Por entender os sentimentos do pai, ela não ficou brava quando ele disse que vendera o terreno.

Em maio do ano anterior, o tio mais velho, que mora nos Estados Unidos, e o terceiro, dono de uma pousada na Espanha, vieram com suas famílias para a Coreia. Os oito irmãos, cada um ocupado com a própria vida, concordaram que venderiam a propriedade, por isso deixaram tudo em ordem para transferir a posse da terra e então distribuir a herança. Afinal de contas, quem continua precisa seguir em frente.

Dain só queria vir até aqui para se sentir mais próxima da presença da avó. À sombra da encosta montanhosa, flores de umê brotavam resolutas, rompendo a escuridão do inverno desolador. Como uma adolescente que tem algo a dizer, mas insiste em manter os lábios firmemente selados, os botões pendiam dos galhos como gotículas de orvalho.

Quando a Dain de nove anos, que sonhava em ser uma idol de k-pop, não parava de matraquear, contando longas histórias para a avó, ela simplesmente sorria para a neta e sugeria que saíssem para comprar rosquinhas para o lanche da tarde. Será que a avó também tinha muitas histórias para compartilhar com ela?

A estreita rua por onde ela descia de mãos dadas com a avó para ir ao mercado continuava a mesma. As colinas que a envolviam como a barra de uma saia também permaneciam inalteradas, somente as construções lhe eram estranhas. O vento soprava baixo e frio, fazendo um som sibilante, como se mantivesse vigilância em torno dos prédios estranhos e do banner. A casa tradicional que guardava velhas histórias já não existia mais. O que se via eram construções quadradas e modernas, divididas em quatro blocos. Os telhados eram revestidos com madeira, e o amplo terraço era bem visível do lado de fora.

Ao lado dos quatro prédios imponentes, havia um pequeno café anexo de pouco mais de seis metros quadrados. O telhado era de um castanho-escuro e, pela parede de vidro, podia-se ver claramente a máquina de café, os grãos, as xícaras de espresso e as bandejas. Aparentemente, era um café que só oferecia delivery. O pátio, que costumava ser a horta da avó, fora transformado em um jardim. Havia vasos de flores delicadas alinhados e uma tenda montada ali fora, compondo um cenário digno de uma sessão de fotos de revista. Embora fosse um espaço requintado e acolhedor, Dain sentiu um nó na garganta.

Naquele momento, uma brisa carregada de sol soprou, trazendo um doce aroma. Olhando ao redor para descobrir a origem do perfume, Dain avistou um pé de umê com seus galhos estendidos ao lado do pequeno café. A árvore que a avó tanto adorava ainda era a mesma. Os galhos balançavam ao vento, dando a impressão de estarem acenando. Sem perceber, Dain foi em direção à árvore.

O pequeno café e o pé de umê, quase da mesma altura, ficavam lado a lado. De alguma forma, a fundação do café parecia familiar. Olhando mais de perto, apenas a parte da construção conectada ao chão estava desgastada. Parecia ser a fundação original do antigo depósito. Só então, Dain percebeu que o espaço do depósito ao lado do pé de umê fora transformado no pequeno café envidraçado. A planta do prédio fora preservada, mas o antigo depósito fora reconfigurado com vidro transparente, renascendo como um café de estilo contemporâneo. Ao olhar para a fundação desgastada do depósito, Dain sentiu como se lágrimas fossem brotar de seus olhos ao mesmo tempo que um sorriso se formou em seus lábios.

Dain não gostava muito da primavera. As flores desabrochavam por todo canto, irradiando um brilho intenso, como se anunciassem que o inverno sombrio, frio, inconsolável e mortífero deveria ser esquecido. Na primavera, todos falavam sobre novas esperanças, desafios e recomeços, mas quem saberia se a primavera não floresceria relutante, ainda se lembrando da escuridão profunda do passado? E se, mesmo com o pesar, ela persistisse a seu próprio modo para cumprir fielmente sua obrigação de primavera, sofrendo enquanto o faz?

A maioria das pessoas gostava da ideia de que a primavera trazia esperança. De que quando a primavera vinha, era hora de se levantar e passar por cima da depressão e do fracasso, da frustração e do desânimo. De que era preciso se livrar do passado e deixar tudo para trás, agarrando-se a novas esperanças e objetivos. O mundo esperava que, com a chegada da primavera, Dain exibisse um sorriso tão brilhante e refinado quanto a nova construção. E que se esquecesse de coisas como um depósito abandonado... Por isso, é claro que pensou que o depósito também teria desaparecido por completo...

Mas lá estava ele, ainda fazendo companhia ao pé de umê, apenas com uma aparência ligeiramente diferente. A fundação, desgastada pelo tempo, mantinha-se taciturna, lembrando-se de tempos passados. Dain lutava contra as lágrimas. Parecia que a avó estava ali para confortá-la, como antigamente. Lembrou-se de algo que vovó costumava dizer:

– Sabe, o umê é a flor que mais anseia pela primavera. Assim que vislumbra o primeiro sinal da tão esperada estação do outro lado da colina, ele floresce em alegria. Mas, se uma onda de frio traz uma neve espessa durante a florada, suas pobres pétalas acabam encharcadas. É exatamente por isso que sempre gostei tanto do umê. Quando você tem um por perto, acaba esperando pela primavera sem nem perceber. Além de ser a flor que percebe a chegada da primavera antes de qualquer outra, é a única que mostra uma determinação admirável, sem temer a última frente fria, dando tudo de si para florescer.

***

– Por acaso você é a escritora Seo Jin-ah? – perguntou Yujin, colocando uma grande caixa de papelão no chão.

Para comemorar a inauguração da pousada literária, Yujin combinara com a autora Seo Jin-ah que ela passaria duas noites na Extraordinária Cozinha dos Livros e, mais tarde, escreveria uma resenha sobre a estadia, como uma ação de marketing. Yujin recebera uma mensagem da escritora dizendo que pretendia chegar hoje, às cinco da tarde. Por isso, ao ver uma mulher parada na entrada da pousada antes da abertura, achou que Seo Jin-ah pudesse ter chegado mais cedo do que o previsto.

A mulher respondeu enquanto se virava:

– Ah, só estava passando por aqui...

Sem perceber, Yujin encarou o rosto que se voltava para ela e achou que o conhecia de algum lugar. Viu a expressão da mulher mudar lentamente, como num filme em câmera lenta. Já fazia mais de cinco anos que Yujin quase não assistia à televisão, mas ao ver aquele rosto translúcido e branco como o inverno, vestindo um casaco longo preto de design simples com a elegância de uma modelo, imaginou que poderia ser uma celebridade.

Nesse momento, Shiwoo que vinha atrás carregando uma caixa, parou surpreso.

– Hã? Como a Diane veio parar aqui? Espera, o que isso... Caramba!

Shiwoo balbuciava enquanto colocava a caixa no chão. Ao vê-lo cobrindo a boca com a mão e sacudindo a cabeça, sem saber como reagir, a mulher deu um sorriso relaxado. Mesmo sem saber ao certo, Yujin pensou que ela deveria ter enfrentado essa situação inúmeras vezes.

Para Dain, era um tanto inesperado o fato de a mulher diante de seus olhos não a ter reconhecido de imediato e perguntado se ela era uma escritora. *Deve ser a pessoa que comprou o terreno*, pensou, e imediatamente se sentiu aliviada. Pelos lábios firmes e olhos bondosos, parecia ser uma pessoa profunda e reservada, talvez não muito falante. Se a avó a visse, teria gostado dela à primeira vista.

Só então Dain sentiu que finalmente havia conseguido se livrar da sombra que a perseguia. Ela esboçou um sorriso. Não era o sorriso que abria diante das câmeras enquanto andava pelo tapete vermelho em uma cerimônia de premiação musical ou nos sets de filmagem de comerciais de cosméticos. Era um sorriso de alívio.

– Oh, então aqui era a casa da sua avó? Que incrível!

– Isso mesmo, já até caí uma vez tentando subir no pé de caqui do quintal. Um dia, acho que era outono, subi a montanha com minha irmã mais velha para colher castanhas e ficamos tão fascinadas quando vimos as castanhas lisas saindo da casca espinhosa que continuamos lá até o pôr do sol, mesmo com as mãos todas espetadas. Também teve uma vez em que acabei pisando num monte de esterco na horta enquanto tentava caçar borboletas com uma rede.

Enquanto Dain falava animada, revivendo as memórias da casa da avó, Yujin ouvia, sentindo como se estivesse vendo um pedaço da infância de Dain. A menina, que preferia jardineiras a vestidos, não tinha medo de subir em árvores e ria alto ao cair na horta.

– Sinto como se realmente estivesse na casa da minha avó. De certa forma, é uma sensação reconfortante.

– Imagino que seja mesmo. Você parece animada, Diane – respondeu Yujin, soltando uma risada.

– Ah, pode me chamar de Dain. Por algum motivo, gostaria de ser chamada assim aqui. Não tenho muitas oportunidades de revisitar o passado, mesmo quando dou entrevistas ou escrevo um diário. Mas hoje, vindo aqui, todas as lembranças da casa da minha avó retornaram de uma vez. É como se meu eu daquela época estivesse correndo por aqui, em algum lugar.

Um cheiro intenso de café tipo americano, o mais consumido na Coreia, emanava da caneca com finas listras cinza. Misturando-se ao cheiro doce dos waffles de canela e do bolo inglês de nozes comprados na famosa loja da região, os aromas subiam da mesa, enchendo o ar de forma sutil. Depois de um gole de café, Dain olhou ao redor até seus olhos se fixarem no pé de umê, do outro lado da janela de vidro.

– Eu me lembro daquele pé de umê. Minha vó gostava tanto dele. Ela ficava sentada no *daecheong maru*[1] cortando pimenta e descascando feijão com o pé de umê atrás, como pano de fundo. Foi ela quem me contou que é a primeira árvore a florescer na primavera...

---

[1] Área central das casas tradicionais coreanas, com piso de madeira e boa ventilação, usada como sala de estar ou área de descanso. [Esta e as demais notas são da tradutora.]

Dain se aproximou da janela de vidro que dava vista para a árvore e olhou com ternura para os galhos começando a dar flores. Yujin a seguiu e parou ao seu lado antes de abrir a janela.

– Nunca passou pela minha cabeça tocar nos três pés de umê daqui. Parecem ser antigos, são muito vistosos. E aqui era um tipo de depósito anexo, certo? Preservamos a disposição e a base, e construímos um café do mesmo tamanho por cima.

– Isso mesmo, eu vi que a fundação continua no mesmo lugar. Para ser honesta, fiquei com vontade de chorar quando percebi. Eu vivia me escondendo aqui quando brincava com as outras crianças.

O olhar de Dain transmitia uma alegria genuína e fez com que Yujin sorrisse involuntariamente.

– A ideia de transformar o espaço do depósito em um pequeno café para atender clientes que fazem pedidos para viagem veio desse rapaz aqui. Shiwoo, ele é meu primeiro funcionário.

Enquanto Yujin tentava incluir Shiwoo na conversa, Dain o encarou com um sorriso brilhante. Shiwoo retribuiu com um sorriso tímido, como um garoto na puberdade, mas quando seus olhos encontraram os de Dain, parece que sua mente ficou em branco e ele não conseguiu dizer uma só palavra. Sem acreditar no que via, Yujin deixou escapar umas risadinhas. Dain agradeceu a Shiwoo mais uma vez e, sorrindo, continuou a falar:

– Só de vir à casa da minha vó, eu dormia muito bem. É que sofro de insônia... Ainda não sei exatamente o motivo. Já tentei fazer terapia e tomar remédios várias vezes, o que funcionou por um tempo, até voltar à estaca zero. Mas quando eu estava com a minha vó, o sono vinha fácil, fácil. Três anos atrás, ela foi para uma casa de repouso e, no ano passado, foi para o céu... Às vezes eu sonhava com a casa dela, sempre com o brilho de sol caloroso. Minha vó vestida com um *hanbok* elegante, sorrindo discretamente, sem dizer nada. Então eu sentia o cheiro da floresta de castanheiras que visitava quando criança, e de repente estava num mundo tingido de violeta avermelhado, como o crepúsculo. Mas quando pensava que a casa da minha vó se fora, sentia uma tristeza profunda e uma sensação de injustiça tão grande que, ao acordar de madrugada, não conseguia voltar a dormir até o sol nascer.

– Entendi...

Yujin sabia que não fizera nada de errado, mas mesmo assim se sentiu culpada. Todo mundo tem memórias que deseja preservar e ela sentia que, sem perceber, havia cruzado a linha das memórias de alguém.

– Comigo foi assim também. Depois que vim para Soyang-ri, comecei a ter um sono tranquilo, como se alguém estivesse me embalando para dormir... – continuou Yujin.

Dain sorriu e assentiu ao olhar para ela. Um silêncio carregado de lembranças se estabeleceu. O espírito da avó, que ainda estava presente em algum lugar, parecia envolver suavemente o espaço.

– A propósito, como você acabou comprando um terreno aqui? – perguntou Dain, com um sorriso delicado. – Agora que a estrada nacional chegou à rodovia que vai até a parte baixa de Shingil-ri, pensei que ninguém mais se interessaria pelas terras de Soyang-ri.

Yujin sorriu de leve. A pequena loja de waffles surgiu em sua mente.

***

– Mas então não tem como resolver isso?

– É que o tempo está muito apertado. Estamos em 12 de maio e o contrato precisa ser finalizado até 1º de junho, senhor.

O homem chamado de "senhor", com o rosto levemente vermelho, pegou o copo d'água sobre a longa mesa e o virou como se estivesse bebendo *soju*. O terno cinza prateado que vestia parecia ser de alta qualidade, mas, por ser pequeno, parecia desconfortável e não lhe caía tão bem. Da cozinha, a dona da loja lançava olhares furtivos para a mesa de tempos em tempos, se perguntando se aquilo viraria uma briga e quando deveria intervir.

– Não falei um mês atrás que seria nessa época que conseguiria reunir todos os meus irmãos? – disse o homem com o rosto ruborizado, começando a demonstrar certa irritação na voz, como se não pudesse mais aguentar. – Um mês? Não, foi há três meses. Depois que a família do mais velho voltar para os Estados Unidos, quem sabe quando virão para cá de novo? Droga!

– Mas nós tentamos de tudo – falou o outro lentamente, mantendo um tom calmo, embora estivesse amedrontado pelo homem de terno cinza prateado, cuja fala era rápida e ríspida. – Divulgamos a venda do terreno por toda a região. Chegamos até a entrar em contato com conhecidos que moram em outras províncias. Um conhecido de um amigo meu que mora em Daejeon mencionou que estava interessado em comprar, então passei o dia inteiro explicando tintim por tintim sobre o terreno e os vilarejos ao redor. E ontem, depois de uma semana de silêncio, ele ligou para falar que dessa vez seria difícil...

Sentado na outra extremidade da mesa, o homem que dava seu máximo para se explicar aparentava estar na casa dos quarenta e tinha olhos grandes e gentis, que se destacavam no rosto quadrado e rechonchudo. Mesmo sendo inverno, enxugava constantemente o suor da testa e o rosto, queimado pelo sol do campo, agora estava vermelho.

– Não estou dizendo que não tentaram. Mas não seria melhor colocar várias pessoas na lista de possíveis compradores e mostrar o terreno para todas elas? Não é nada fácil reunir todo mundo. Já se passaram mais de cem dias desde que nossa mãe faleceu, e se não resolvermos isso agora, vai acabar numa disputa entre irmãos pela herança.

– Sim, senhor. Entendemos o que quer dizer. E é por isso que tentamos de tudo, envolvendo até conhecidos em outras regiões para nos ajudar. Se contarmos quantas vezes mostramos o terreno, foram pelo menos umas vinte – respondeu o homem, sem energia, como se já estivesse cansado de repetir a mesma explicação várias vezes.

– Quais eram as queixas das pessoas que viram o terreno? – perguntou o homem de terno após puxar a cadeira para mais perto e inclinar-se para a frente.

– Bem, cada cliente tem seus próprios motivos, mas... acredito que o tamanho do terreno seja o maior empecilho. Na verdade, ultimamente, saíram muito terrenos de casas geminadas com cerca de 250 ou 160 metros quadrados nas proximidades... Mas o terreno do senhor tem cerca de 820, é bastante grande... Fora que o acesso aqui não é lá muito conveniente, comparado ao vilarejo vizinho. Além de ter que subir um quilômetro pela encosta da montanha, não há nenhuma comodidade nos arredores.

Visivelmente frustrado, o homem de terno entornou o restante da água de uma vez.

A conversa parou por um momento. Uma brisa soprava pelas janelas abertas, e a cozinha, antes barulhenta pelo preparo dos waffles, agora estava silenciosa. Um ar quente e doce pairava na pequena loja, e o waffle com sorvete posto entre os homens derretia solitário, como uma criancinha deixada sozinha. Enquanto a bola de sorvete de baunilha escorria de um lado, feito uma avalanche, os dois permaneciam em silêncio, presos em seus próprios pensamentos.

Diante de Yujin, ainda havia metade de um grande waffle de canela. Nas redes sociais, falavam que esta loja era famosa pelos waffles tão grossos quanto medalhões de carne, por isso ela chegou cedo, na hora em que a loja abria. A combinação do doce waffle de canela com um café americano intenso realmente valia a recomendação. Sem falar no sabor do waffle.

No começo, estava ouvindo a conversa da mesa ao lado apenas por entretenimento. Também, pudera! As vozes dos senhores eram naturalmente altas, e a loja, pequena. Era impossível não ouvir. Além disso, não havia mais nada para fazer. A distância entre a mesa redonda onde Yujin estava sentada e a mesa grande e quadrada dos senhores era perfeita para curiosos de plantão fingirem que não estavam ouvindo nada.

Porém, enquanto ouvia a conversa, algo começou a vibrar gradualmente no coração de Yujin. De início, era uma leve trepidação, como o bater de asas de uma borboleta, mas logo ficou tão forte quanto um terremoto. Parecia um toque de celular incessante. O sobretudo dela ainda estava impregnado com o ar daquela madrugada passada na montanha Maisan, e os raios de sol matinais sussurravam para ela com uma voz fraca.

Yujin endireitou a postura e pesquisou algumas coisas no celular antes de abrir o aplicativo de calculadora e fazer algumas contas. Os números finais não pareciam sugerir uma maneira de minimizar os riscos, mas talvez não existisse dados suficientes no mundo para encorajar alguém a partir em uma aventura. Tomadas de decisão são manifestações da vontade de aceitar riscos desconhecidos. Ela pegou o celular, se levantou em silêncio e se aproximou lentamente da mesa onde os dois homens continuavam absortos em pensamentos.

– Hã... Desculpe atrapalhar a conversa de vocês, mas será que posso dar uma olhada nesse terreno?

Como se tivessem combinado, os dois se entreolharam ao ouvirem as palavras de Yujin. Um deles se levantou primeiro, desajeitado. Na pressa de se colocar em pé, bateu o joelho contra a mesa, fazendo com que rangesse alto e os pratos chacoalhassem como se fossem cair.

– Ah... É-é claro! Gostaria de ir agora mesmo? – perguntou um deles com um brilho nos olhos.

***

– Então, naquele dia, vi o terreno e, uma semana depois, selamos o contrato.

Ao resumir a história, Yujin riu discretamente, percebendo o quão absurda era. Pensando bem, não era uma situação tão desesperadora que precisasse ser resolvida com tanta pressa. Dain também riu.

– Uau, você é mesmo uma pessoa de iniciativa. Pelo que ouvi, acho que foi o meu pai quem você conheceu.

– Ah, quer dizer que o senhor de terno...?

As duas riram alto. Nesse momento, o celular de Yujin vibrou com um zumbido. Na tela, cintilava: "Autora Seo Jin-ah". Yujin pediu licença por um momento e levantou-se para atender o telefone um pouco mais afastada. A escritora, que combinara de vir às cinco horas da tarde, lamentou que provavelmente não pudesse ir hoje, pois estava prestes a sair quando arranhou outro carro parado no estacionamento, então precisaria tratar do seguro e levar o carro ao mecânico. Após tranquilizar a autora e dizer que deixaria para outra data, desligou.

Yujin retornou à mesa e sentou-se. Observando por um instante as costas de Dain, que olhava inexpressivamente janela afora, ela falou:

– Você... por acaso... gostaria de ficar aqui hoje? Parece que a escritora que deveria vir não vem mais. Como ainda não inauguramos oficialmente, não temos nenhum hóspede.

Tudo fora arrumado para a estadia literária da autora Seo Jin-ah. Toalhas, secador de cabelo, chaleira elétrica, chá, estava tudo pronto e o quarto, aquecido. O café da manhã do dia seguinte também fora preparado. Apesar de inesperada, Dain ficou encantada com a proposta, como uma criança, e ligou imediatamente para sua *manager*.[2] Na empresa, assim que ouviram que Dain passaria a noite sozinha no interior sem motivo aparente, todos ficaram alarmados. Ela conseguiu convencer a *manager* a muito custo depois de explicar que a pousada em que ficaria hospedada ficava no terreno da antiga casa da avó e, como ainda não estava aberta para outros hóspedes, era um lugar reservado, com segurança.

Na verdade, Dain estava de férias pela próxima semana, já tinha passagens e acomodação reservadas para suas férias no Havaí. Só que, um dia antes de viajar, sentiu vontade de se despedir da avó, por isso decidiu dirigir sozinha até o interior. Ao ouvir Dain pedindo à *manager* para alterar as passagens de avião e a reserva no hotel, Yujin deu um leve sorriso.

Originalmente, fizeram reserva em um restaurante especializado em *hanjeongsik*[3] para quando a autora Seo viesse, mas, pensando que poderia ser inconveniente para Dain sair, decidiram preparar algo em casa. Yujin e Shiwoo

---

[2] Em português, significa "empresário", "gerente". No universo do k-pop, refere-se aos profissionais que, além do gerenciamento da carreira, acompanham os *idols* em atividades comerciais e cotidianas, cuidam da agenda, da alimentação, da segurança e do bem-estar dos artistas, tornando-se essenciais em sua carreira e vida diária.

[3] Refeição de estilo coreano caracterizada pela variedade de pequenos pratos (*banchan*) variados.

pegaram todos os ingredientes que acharam na geladeira e, por mais que não fosse um banquete, parecia que dali sairia uma refeição decente. Dain também se ofereceu para ajudar na preparação do jantar. Eles cortaram as cenouras à *julienne* para o enroladinho de ovos, e o nabo em cubos para a sopa. Eram tão desajeitados manuseando a faca que pareciam crianças brincando de casinha. Dain disse que raramente cozinhava e acabou confessando que mal sabia fritar ovos. Ela dava risadinhas enquanto quebrava quatro ovos em uma tigela grande. Depois, fez uma expressão séria ao provar o molho de soja na panela que soltava vapor, para ver se o caldo estava bom de sal.

Enquanto a cozinha era pura agitação, o sol ia se pondo lá fora.

– Não tem nada que você queira fazer? – perguntou Yujin a Dain, durante o jantar.

Dain gostava do fato de Yujin tratá-la com certa formalidade. Por ter estreado ainda jovem, a maioria das pessoas ao seu redor a tratava informalmente, como se fosse algo natural, mesmo que tivessem acabado de conhecê-la. Fitou os olhos de Yujin por um momento e, em seguida, como se enxergasse algo além da dona da pousada, ficou em silêncio, perdida em pensamentos. Yujin sentiu como se estivesse vendo uma celebridade em um comercial. Quando diziam que a vida cotidiana dos famosos era pictórica, tinham mesmo razão. Enquanto Yujin olhava a esmo, Dain encontrou o seu olhar e respondeu com um sorriso:

– Queria ver as estrelas. Antigamente, quando vinha à casa da minha vó, costumava deitar no alpendre nas noites de verão e observá-las. Quando olhava para a Via Láctea se esparramando pelo céu, me perguntava se não eram seres em algum lugar do universo enviando luz para nós. Seria incrível se eu pudesse ver as estrelas mais uma vez a partir daqui.

– Ah... As estrelas devem ser ainda mais bonitas no verão. Apesar de já estarmos em março, as noites ainda são de inverno. Acho que está muito frio. Você é cantora, não pode ficar com a garganta inflamada.

Um lampejo de decepção passou pelos olhos de Dain, mas, em seguida, ela assentiu em silêncio, com um olhar suave. Havia ficado muito boa em esconder seus sentimentos e aceitar a realidade.

– É, você está certa. Deve estar muito frio...
– Ah, com licença... – interveio Shiwoo.

Agora, parecia que Shiwoo já não via Dain como uma deusa. Im Dain, vestindo um moletom cinza e conversando de forma descontraída, definitivamente não era a cantora profissional Diane em cima de um palco glamouroso.

– Tenho sacos de dormir de inverno... – continuou com um olhar hesitante. – Ah, fico com um pouco de vergonha em dizer isso, mas faz mais de um ano que não os lavo... Por isso o cheiro está, hum...

A noite de março era fascinante. Nuvens escuras se moviam pelo céu, e a lua aparecia e desaparecia, envolta pela escuridão. Apesar das nuvens escuras, as estrelas pontilhavam o céu como se não se importassem.

Era uma noite particularmente brilhante. Não havia um único poste de luz por perto, mas, olhando do terraço do primeiro andar, os arredores pareciam iluminados como se estivessem com as lâmpadas acesas. Sob a luz da lua, as folhas das árvores cintilavam, e o espaço, onde os ruídos da cidade se perdiam, era preenchido pelo som de galhos farfalhando ao vento e o canto de pássaros à distância.

Deitada no saco de dormir, que exalava um cheiro azedo e bolorento, apenas o rosto de Yujin espreitava para fora. O céu era literalmente um mar de estrelas. Saber que existe uma quantidade tão grande de estrelas e vê-las com os próprios olhos eram duas coisas completamente diferentes. Era como se ela acabasse de descobrir um segredo que desconhecera por décadas. *Será que um dia eu também vou sair da rotina de sempre e viajar além das estrelas? A luz das estrelas que vejo agora talvez seja a carta deixada por um planeta que já desapareceu. Pode ser que eu esteja olhando para o vestígio da existência de algum planeta, um momento do passado*, pensou Yujin. O universo falava através de uma grande lacuna temporal.

Os três ficaram em silêncio por um bom tempo. Como só havia dois sacos de dormir, Yujin e Dain ficaram com eles. Shiwoo, vestindo várias camadas de roupa, trouxe todos os cobertores do café e deitou-se sobre eles no chão. Um violão tocando jazz acústico fluía do alto-falante. A música era tão calma quanto a neblina que se espalha entre as estrelas. Até mesmo a brisa fria e precoce da primavera parecia estar sem fôlego assistindo a um videoclipe revelado pelo universo.

Yujin imaginava vestígios do tempo que existira exatamente neste local. Projetava em sua mente a imagem das pessoas que costumavam olhar as estrelas a partir da antiga casa tradicional. Já Dain pensava na avó, que era calorosa, mesmo em pleno inverno. As noites de verão em que observava as estrelas com a avó pairavam em sua mente. Shiwoo se lembrava da noite em que saíra do cursinho em Noryangjin, detendo o olhar vago nas estrelas que emitiam um brilho fraco, como se prestes a desaparecer.

– Nunca vi tantas estrelas assim na vida. – Dain quebrou o silêncio.

Shiwoo suspirou profundamente, concordando com a cabeça.

– Que estranho... – continuou ela. – Provavelmente sempre houve esse mesmo tanto de estrelas no céu. Estavam ali esse tempo todo. Como pude esquecer que havia tantas?

Enquanto admirava o vasto mar de estrelas, Yujin lembrou-se da madrugada em que viu o oceano de nuvens na montanha Maisan.

– É verdade... É maravilhoso. Sabe, tem uma parte da história que eu não contei antes. No dia em que vim para Soyang-ri, antes de ir para a loja de waffles, fui ver o nascer do sol na montanha Maisan. Naquele dia, mesmo ao amanhecer, as estrelas brilhavam tão intensas quanto agora. Não eram como um mar de estrelas espalhadas pela galáxia, mas uma luz estelar suave e delicada que brilhava sob o céu azul-marinho, como se existissem postes de luz a intervalos regulares...

***

Quando Yujin olhou para baixo do topo da Maisan, o mundo parecia um mar profundo que guardava segredos antigos. A crista da montanha era uma sombra escura, e à sua frente, as nuvens se acumulavam como se pintadas com tinta nanquim. O amanhecer era intenso em cada lugar onde o olhar se detinha, e sobre ele pairava um mar de solidão. Memórias esquecidas transformavam-se no sopro tranquilo do vento, que às vezes roçava a pele.

O céu mudava constantemente. Antes que pudesse perceber, a parte de trás da montanha foi vagarosamente revestida pelo brilho do céu claro. A crista leste clareava-se gradualmente com tons alaranjados, e as nuvens revelavam uma cor branca, estacionadas como um trem em uma estação. A neblina entre as montanhas parecia o rastro de fumaça de um trem a vapor. Do outro lado do céu vazio, a lua permanecia solitária. Assim que os raios do sol começaram a se espalhar, a paisagem ganhou a face cotidiana. À medida que o trem de nuvens, que havia parado por um momento, retomou sua viagem conforme o itinerário, ouviu-se o canto dos pássaros de perto.

Observando o nascer do sol do mirante na Maisan, Yujin pensou nas existências efêmeras que desapareceram como névoa. O escritório compartilhado onde ela fizera reuniões até tarde da noite, agora era ocupado por estranhos. As pessoas com quem havia travado batalhas intermináveis, as pessoas que ela achava que conhecia, tinham seguido caminhos diferentes. Era como se nada durasse, como uma rua que estivera cheia de folhas no outono e agora se encontrava meticulosamente limpa. Yujin recordou o cenário vazio do escritório de startups e do pequeno bar de vinhos em Yeonnam-dong, aonde costumava ir com o consultor sênior que a desincentivou a empreender. Tudo começou com mudanças sutis, mas, ao analisar o passado, relações e objetos de repente se tornaram estranhos a ponto de serem irreconhecíveis. Deixando para trás a escuridão da madrugada e passando por momentos resplandecentes, uma hora os espaços pequenos e solitários acabam por desbotarem...

***

— Se naquele dia eu não tivesse visto o mar de nuvens da Maisan, em Jinan, não teria tomado nenhuma decisão. Provavelmente, só teria me divertido com a conversa dos senhores, como se estivesse assistindo a um filme de comédia. Era a minha primeira vez em Soyang-ri. Nasci e cresci em Seul, então pensei que viveria lá pelo resto da vida. Comprar um terreno de 825 metros quadrados em Soyang-ri não estava no meu roteiro.

Um vago sorriso surgiu no rosto de Yujin. Dain segurava uma almofadinha térmica no rosto enquanto se concentrava na história da outra.

— Isso aconteceu bem depois dos dois meses em que basicamente só fiquei deitada em posição fetal, sozinha, depois que uma empresa comprou a startup que eu liderava. Não podia ver aquilo como um fracasso total, já que a propriedade intelectual da startup fora vendida para a outra empresa, mas, mesmo assim, a vida parecia vazia e sem sentido. Nesse tempo todo, eu vivia correndo sem olhar para trás. Trabalhei sem parar, dia e noite, por mais de três anos, desenvolvendo programas e gerando dados convincentes para os clientes. Depois que fiquei desempregada, peguei finalmente o livro que havia comprado e só estava pegando poeira na estante. É a história de uma mulher que teve um destino tortuoso e decidiu abrir um pequeno hotel em uma vila da Inglaterra, onde hóspedes com as mais diversas histórias chegam para passar uma semana no inverno. Quando terminei o livro, tive vontade de viajar para algum lugar próximo, então decidi vir para Soyang-ri com a intenção se ver o sol nascer em Maisan.

A noite de março que se aprofundava não deixava brechas para a primavera se intrometer. Os rostos pareciam congelar com o vento cortante. O tempo frio fluía pela mente de Yujin como um vídeo em reprodução automática.

– Naquela tarde, enquanto percorria o terreno de Soyang-ri com o senhor da imobiliária, me ocorreu tentar algo como a protagonista daquele romance. O mar de nuvens na Maisan, que vi de madrugada, parecia me encorajar.

A *manager* de Dain chegou por volta da meia-noite, mais ou menos na mesma hora em que os três desceram do terraço e começaram a tomar cerveja no café. A mulher passava uma impressão suave e amigável, apesar de ter viajado durante a noite por uma estrada rural. Era gentil e tinha uma atitude naturalmente acolhedora. Vestida com um grosso casaco preto e usando um boné de beisebol, lembrava uma artista. Ela comprou pães de diferentes tipos na padaria favorita de Dain, em Seongsu-dong, e também trouxe um conjunto de chá de ervas, mesclado pelo próprio pâtissier. Foi difícil colocar tudo sobre a mesa.

    Dain deu um gritinho alegre e imediatamente pegou um *pain au chocolat*.

    – Então, você já decidiu quais livros vai expor? – perguntou Dain à Yujin, com a boca cheia de comida.

    Yujin colocou um saquinho de chá rooibos em uma xícara e balançou a cabeça enquanto derramava água quente.

    – Ainda não decidi todos. As entregas estão demorando muito mais do que eu pensava, então acho que é melhor concluir meu pedido até esta semana. Ah, falando nisso, qual é o seu livro favorito? Ou pode ser algum livro que leu recentemente e tenha gostado…

    Durante o breve momento de reflexão de Dain, foi possível notar Shiwoo se concentrando, os olhos brilhantes. Esperando pelo título, ele sacou um bloco de notas mental e, mais tarde, exibiria o livro na prateleira principal de sua mente.

    – O meu favorito é *Noite brilhante*, da autora Choi Eunyoung. Me fez pensar na minha vó durante toda a leitura. Comecei a me perguntar como ela seria apenas como mulher, para além do seu papel de "avó". E, depois que terminei o livro, senti algo quentinho preenchendo meu coração.

    A maneira como Shiwoo assentia com a cabeça lembrava um poodle de olhos escuros. Yujin segurou o riso, deu um gole no chá e depois fez um gesto afirmativo para Dain.

    – É verdade. Um livro que dialoga bastante com esse é *Podemos andar à luz do luar,* da autora Go Suri. É um ensaio, mas você não faz ideia de como tem partes reconfortantes. E se você gostou de *Noite brilhante,* acho que pode se interessar por *Pachinko*.

    – Uau, como você faz para ter essas recomendações na ponta da língua? Vou ter que ler.

— Ouvir sua história me deu uma ideia de como devo recomendar livros para os clientes. Então, obrigada!

— E você, Shiwoo?

Shiwoo bebia sua cerveja quando Dain de repente olhou para ele e fez a pergunta, então, como se tivesse engasgado, cuspiu o líquido.

— Nossa, você está bem?

— Ah... Está tudo bem. Não foi nada!

Com as orelhas vermelhas, Shiwoo levantou-se de súbito e trouxe uns lenços umedecidos do pacote na cozinha. As outras três gargalhavam, achando-o fofo e engraçado. Ele as acompanhou com uma risadinha e então sentou-se.

— Tem um livro que venho lendo, mas, para ser honesto, é tão grosso que mesmo depois de um mês ainda não consegui terminar.

— O quê? Você anda lendo algum livro? — Yujin balançou a cabeça, lançando um olhar brincalhão para Shiwoo.

— Caramba, *nuna*! Também sou meio que funcionário da pousada literária. Hum, então, o livro que estou lendo é *O verão daquele ano durou muito...*?

— Você está falando de *O verão permaneceu ali por muito tempo*, de Masashi Matsuie? — interrompeu Yujin, a voz contendo uma risada.

— Ah, não é aquela história sobre um arquiteto? — reconheceu a *manager*.

Yujin olhou para Shiwoo e bateu uma forte palma.

— É mesmo! Você estudou arquitetura!

— Você fez arquitetura? — perguntou Dain, com os olhos arregalados. — Uau! Quando assisti ao filme *Architecture 101*, de Lee Yong-ju, também tive vontade de aprender!

— Ah, mas eu nem passei no exame de qualificação e tudo mais... — respondeu Shiwoo rapidamente, sentindo-se desconfortável com três pares de olhos concentrados nele. Deu uma risadinha antes de continuar: — Só fiz a graduação, só isso. E como eu disse, ainda nem terminei de ler. É muito grosso... Ai, ai.

Todos deram uma boa risada.

Depois, o assunto fluiu para os lugares que gostariam de conhecer e, invejando Dain, que partiria para o Havaí, a conversa se voltou para o conto de Haruki Murakami, "Baía de Hanalei", ambientado no mesmo lugar. Yujin pensou que se fizesse um clube do livro na Extraordinária Cozinha dos Livros, gostaria que fosse assim.

Fosse pela luz das estrelas, ou por estar na Cozinha dos Livros, onde havia resquícios dos suspiros da sua avó, Dain teve a sensação de que poderia dormir profundamente pela primeira vez em muito tempo.

O quarto da pousada era aconchegante e limpo, como um abraço confortável envolvendo-a. Do lado de fora da janela, ouvia-se baixinho o silvo do vento soprando pelas encostas de Soyang-ri. Foi por volta das duas da manhã que Dain começou a cair em um sono profundo.

A manhã começou preguiçosa. Todos dormiram até tarde. Não havia nada urgente para o dia. Ninguém decidiu levantar tarde, mas também ninguém configurou o despertador.

Caía uma chuva primaveril desde a madrugada. No céu melancólico e acinzentado, a fina cortina de chuva esvoaçava de um lado para o outro. Soprava um vento de inverno, e os jovens brotos verdes da primavera apenas estremeciam, sem saber o que fazer. As cerejeiras, apenas com botões, sacudiam os ramos como se nada estivesse acontecendo. Já se passavam três horas desde o nascer do sol, mas espessas nuvens escuras desempenhavam perfeitamente o papel de persianas, deixando a silhueta do sopé da montanha ainda mergulhada na penumbra.

Na Extraordinária Cozinha dos Livros, a manhã era tão tranquila e relaxante como nos tempos em que a avó de Dain cuidava de tudo. Um vento violento se aproximou, mas logo desistiu, perdendo a força. Gotas fininhas de chuva batiam contra a janela de vidro, produzindo um estalido. O aroma das árvores que subia da floresta, impregnado de chuva, se espalhou sorrateiramente pelo ar.

A primeira a despertar foi Yujin. Ela preparou um café coado no térreo, cortou o *cinnamon roll* comprado pela *manager* em pedaços e os aqueceu no micro-ondas. Quando retirou o prato, o cheiro característico da canela correu solto pelo ar, como música. O pão aquecido misturado ao açúcar de confeiteiro era úmido e adocicado e também levava lâminas de amêndoa, proporcionando um sabor ameno. Tudo estava tranquilo. De hábito, Yujin tocava música todas as manhãs, mas achou que o silêncio combinava mais com a manhã daquele dia, tranquila como o doce e aveludado pão de canela.

Yujin arrumou a mesa onde conversaram no dia anterior. Lavando a louça, trouxe à memória o mar de estrelas que citara. Era curioso pensar que aquele espetáculo maravilhoso e de tirar o fôlego ainda estaria se propagando acima das nuvens. O cotidiano parecia estar em algum lugar no canto de um prédio, enquanto as viagens pareciam estar em algum lugar distante, sobre as nuvens. Mas perceber que, na realidade, as viagens estavam sempre presentes na vida cotidiana, era surpreendente. Mesmo em momentos simples e banais, como quando tirava os livros das caixas e organizava tudo nas estantes do café, as estrelas continuavam a brilhar.

Depois de terminar na cozinha, Yujin foi para a área da livraria. Ainda havia livros guardados cuidadosamente em algumas caixas, a serem organizados. Ela se agachou em frente às entregas que chegaram no final da tarde anterior.

Entre as caixas com a fita adesiva já rasgada, avistou *Uma semana de inverno*, de Maeve Binchy. Yujin estendeu a mão em direção ao livro. Era o livro que lhe dera coragem para começar a Extraordinária Cozinha dos Livros.

    Enquanto se demorava acariciando o exemplar, Yujin pensou em Dain. A capa do livro apresentava a ilustração de uma paisagem pacífica: uma toalha de mesa xadrez verde bem disposta e, sobre ela, um café estalava na parede das xícaras de chá em estilo inglês. Ao lado da bebida, havia uma salada, e do lado de fora da grande janela, via-se a paisagem ondulante do mar.

    Yujin desejou que Dain viajasse para aquele lugar carregada pelo som das ondas. Queria que ela pudesse fazer uma pausa na vila onde se aglomeravam casinhas de telhado vermelho que pareciam de brinquedo, compartilhando o cheiro de maresia, enquanto um gato observava o mundo lá fora, perdido em pensamentos. Quando Dain abrisse o livro, os personagens estariam lá para recebê-la com alegria. Talvez este livro tenha feito uma longa jornada só para chegar até Dain. Enquanto o folheava, os olhos de Yujin se detiveram em uma página. Era como se um trecho em particular a chamasse.

> *Este é um ótimo lugar para pensar.*
> *Quando venho para a praia, sinto-me ainda menor.*
> *Parece que sou menos importante.*
> *Então, tudo volta ao seu devido equilíbrio.*

Com um marcador enfiado nessa página, Yujin envolveu o livro em um papel de embrulho carmesim com bolinhas douradas. Em seguida, arrancou a folha de um caderno sem pauta, cortou-a do tamanho da palma da mão e escreveu uma breve carta pressionando firmemente a caneta esferográfica sobre o papel.

> ESPERO QUE VOCÊ ENCONTRE UM
> "DEPÓSITO" SÓ SEU, ONDE POSSA OUVIR O
> SOM DAS ONDAS, E ENCONTRE MOMENTOS
> CALOROSOS SEMELHANTES AO TOQUE DA
> SUA AVÓ...

No dia da chuva de primavera, antes do cair da noite, Dain partiu da Cozinha dos Livros com sua *manager* e com um livro embrulhado em um papel com estampa de bolinhas, presente de Yujin, guardado no porta-malas.

Observando o carro desaparecer, Shiwoo e Yujin sentiram como se estivessem acordando de um sonho nebuloso. Dain provavelmente leria aquele livro no Havaí, onde poderia ouvir o som das ondas. Apesar dos elogios esplêndidos que recebia diariamente, no seu solitário e inquietante lugar no topo das paradas, Yujin esperava que Dain pudesse sorrir de felicidade sem precisar usar uma máscara. Desejava que, mesmo nos dias agitados, ela encontrasse momentos para se perder no mundo das histórias, desfrutando de refeições simples e acolhedoras e de uma xícara de chá.

Depois que Dain partiu, Yujin olhou de volta para a Cozinha dos Livros. Ficou espantada ao perceber que mal se passara um dia desde que deitara no saco de dormir e olhara para as estrelas. E mal conseguia acreditar que foram apenas dez meses desde o dia em que se deparou com o senhor da imobiliária e o dono do terreno na loja de waffles de Soyang-ri.

Yujin sentou-se diante da mesa de madeira maciça do café onde ela e Dain haviam se acomodado. Dain teve a sensação de que a *hanok*, que continha o toque de sua avó, e a Cozinha dos Livros passaram o bastão uma para a outra. Podia sentir que o toque da avó ainda estava presente.

O pôr do sol se desfazia em meia-tinta atrás de nuvens esmaecidas. Yujin levantou-se e abriu completamente a parede de vidro e uma pequena janela da cozinha. Era dia 15 de março, meados do mês. No lusco-fusco, uma suave brisa primaveril, carregando o delicado perfume do umê em flor, adentrou a Extraordinária Cozinha dos Livros como uma onda gentil, e deu início a um novo dia.

Adeus, meus vinte anos

Ao mesmo tempo que Nayun se acostumava cada vez mais à rotina de trabalho, também começava a ficar de saco cheio dela, como um hamster correndo em uma rodinha por quatro anos. Para ser sincera, não havia nenhum problema com a empresa em si. A companhia em que trabalhava era uma empresa de TI com bons salários e muitos benefícios. Mas ultimamente ela não se animava com nada. Não sentia vontade de mostrar todas as suas habilidades e dedicar todo o seu coração àquele lugar. Parecia estar passando pela baixa de energia de que todos falam.

Seu sentimento mais sincero era o de querer aproveitar os benefícios e trabalhar de maneira moderada. Chegou a pensar se não seria o caso de mudar de emprego, mas, na verdade, isso também parecia uma tarefa chata. Não havia nenhum chefe estranho pegando no pé dela, e não era como se ela detestasse o que fazia. Nayun sabia que, se mudasse de emprego, a nova empresa não seria nenhum paraíso. No entanto, não podia dizer com confiança que aquela mulher prestes a completar trinta anos era a mesma que imaginara quando tinha vinte.

Aos trinta, esperava ser uma mulher bem-sucedida. Imaginava-se como uma supermulher, resolvendo todos os problemas do mundo usando uma blusa de seda e uma saia preta, mas, na realidade, ela era a "novata" lidando com tarefas triviais há quatro anos. Havia pouca coisa que podia decidir e resolver sozinha. A maioria do trabalho precisava ser feito segundo os procedimentos estabelecidos por outros e passavam por diversas aprovações.

– Dizem que estamos na era em que se vive cem anos. Acho que quando eu chegar aos cinquenta, terei que trabalhar pisando em ovos para não ser demitido... Tenho que ter um ganha-pão para os cinquenta anos restantes, não é? Terei cinquenta e dois quando meu filho for para a faculdade. Fico pensando se não deveria fazer mais alguma coisa... – suspirou o gerente Lee, pai de dois filhos, deixando a frase no ar.

Durante o horário de almoço, após discutir investimentos em ações e políticas imobiliárias, o assunto mais recorrente era o planejamento de vida pós-aposentadoria.

– Pois é. Se você olhar para os executivos, muitos têm MBA. Isso me faz pensar se não tenho que começar a me preparar mais agora... Ou talvez seja melhor aprender técnicas de edição de vídeo para o YouTube? – disse Yun Yeongdo, o engenheiro de software com três anos de experiência, confirmando as palavras do gerente Lee com uma expressão séria.

Nayun bebericou seu mocha latte quente com bastante cobertura de creme e o colocou na mesa.

– Quanto custaria para montar um café? Gostei muito da comida caseira espanhola que comi nas minhas últimas férias em Barcelona. Será que os preços são mais acessíveis em Itaewon, na Gyeongnam-gil, por exemplo? Ai, inveja de quem tem uma profissão especializada... não precisam se preocupar em "ter que parar".

– Você acha que médicos e advogados já têm a vida feita? – perguntou o gerente Lee, cortando abruptamente as palavras de Nayun, que parecia abatida. – Com tantos hospitais fechando as portas! Os advogados também sofrem uma pressão absurda para conseguir clientes e alcançar resultados. Como recebem honorários com base no desempenho, o equilíbrio entre trabalho e vida pessoal é uma bagunça. Meu amigo que está em um grande escritório de advocacia desmaiou pelo excesso de trabalho e teve de ser hospitalizado um tempo atrás.

Depois do almoço, Nayun entrou no escritório e se sentou em sua mesa. Primeiro, ia inserir no sistema do RH os "objetivos anuais de negócios pessoais", que precisava terminar até o final do dia e deixaria para pensar no seu plano de aposentadoria à noite.

Porém, depois que saiu do trabalho, não conseguia pensar em nada. Literalmente, nada. Ao chegar em casa, só queria ficar deitada na cama. O relatório de resultados do primeiro trimestre era para a próxima semana, e ainda tinha muita coisa para preencher, e isso continuava preocupando sua mente. Lembrando-se das pessoas de outro departamento que não enviavam os dados a tempo, uma irritação começou a se manifestar sorrateiramente.

Tinha procurado restaurantes populares no aplicativo de entrega e, enquanto comia, absorvida pelo drama mais falado do momento, logo foi dominada pelo sono. Não lavara a roupa, nem decidira o que vestir no dia seguinte, então planejar o que faria daqui a um ano parecia algo totalmente sem sentido. Algum dia, talvez num futuro distante, ela pudesse pensar nisso... Sim, esse momento chegaria. Nayun adormeceu com esses pensamentos.

***

– Soyang-ri? Onde é isso? Se termina com "ri" deve ser uma área bem rural. A gente não ia ver as flores de cerejeira aqui perto?

Chanwook e Serin suprimiam uma risada brincalhona diante de Nayun, que estava de olhos arregalados. Se não estivessem em público, teriam gargalhado alto. Os dois fizeram um "bate aqui" com entusiasmo, como agentes que cumpriram uma missão secreta.

– A gente tem que fazer algo não convencional. Só vamos! Quando mais poderemos sair assim, sem planos, hein? Dizem que depois de casar e ter filhos, os trinta passam voando – respondeu Chanwook, animado.

Sábado, às onze da manhã, em um café especializado em brunch em Pangyo, onde os três estavam sentados juntos, tocava uma canção francesa bem calma que trazia uma sensação de primavera.

– Nayun, na verdade, Shiwoo me ligou ontem – continuou Chanwook, olhando para a relutante amiga.

– O quê? O Shiwoo? Está falando sério?

– Estou. Aquele sumido agora está trabalhando em uma pousada em Soyang-ri, ou algo assim. Depois de mais de três anos sem nem mandar um sinal de fumaça, ele ligou ontem à noite. Por isso vamos atrás do Shiwoo. Acho que ver a cara dele vai trazer um certo alívio. E você disse que íamos viajar juntos antes dos trinta. Se continuar enrolando, nem com quarenta a gente vai conseguir fazer isso! O *oppa* aqui até pegou o carro da mãe hoje. É só dar a partida! – falou Chanwook balançando a chave do carro na frente de seus olhos.

Nayun estava, ao mesmo tempo, zangada e feliz, por isso não sabia que expressão deveria fazer.

– Ai! Shiwoo, esse moleque! Se ele aparecer na minha frente, vai ver só! Não vou deixar barato mesmo.

Vendo a expressão de Nayun, Serin percebeu que ela já havia decidido em seu coração.

– Então vamos partir agora mesmo. *Go, go, go!* – gritou Serin de repente, pulando como se fosse uma líder de torcida.

Chanwook aumentou o volume do rádio no carro. Tocava uma seleção de músicas que ouviam todos os dias na época da faculdade. Assim que "Cherry Blossom Ending", do Busker Busker, começou, o interior do carro se transformou em um auditório enlouquecido. Essa música era tão animada assim? Na introdução de "Cherry Blossom Ending", os três cantaram aos berros enquanto riam sem parar.

Em um sábado de abril, às duas da tarde, quando as cerejeiras estão em plena floração, a última viagem dos seus vinte anos estava prestes a começar. As flores brancas eram aos poucos levadas pelo vento, como uma cena em um filme de animação do Studio Ghibli, as pétalas caíam dançando pelo ar. Nayun mal podia acreditar que ontem, a essa mesma hora, estava em um escritório tão silencioso como uma biblioteca, atualizando a pauta para reunião semanal da equipe da próxima segunda-feira.

Nayun não sabia onde ficava Soyang-ri, mas isso não importava. Disseram que era onde Shiwoo estava, então pronto. Se os quatro pudessem se reunir em um só lugar, seria o bastante. Ela olhou para Chanwook e Serin, que deveriam estar lidando com alegrias e tristezas próprias com seus vinte e nove anos. Ao pensar que Shiwoo estava em Soyang-ri, soube que precisava dar adeus às lembranças dos vinte e um, vinte e dois, vinte e três anos. As flores de cerejeira pareciam o refrão de uma música alegre, e correndo pela sinuosa rodovia, o coração de Nayun batia forte pela primeira vez em muito tempo.

***

Enquanto Shiwoo estava animado como um filhote de cachorro, Yujin mergulhava em preocupações. O telefonema avisando que Chanwook, o melhor amigo da faculdade de Shiwoo, chegaria em uma hora, fora recebido há trinta minutos. Shiwoo contara que ele e Chanwook se conheceram no clube de criação publicitária da universidade e tornaram-se amigos inseparáveis, passando inúmeras noites jogando videogame na lan house. Além disso, mencionou que duas amigas próximas do mesmo clube viriam junto.

– Oh, mas estamos na temporada das flores de cerejeira. A pousada está lotada de reservas até o fim de semana. Como você vai fazer?

– A gente é tipo família. Se não estiver frio, dormimos na barraca; se estiver, vamos para o meu quarto!

– Quatro pessoas em um quarto? Eles estão cientes disso? Está pensando em fazer todos dormirem em pé?

– Bem, é... apertado. De qualquer forma, vamos ficar conversando no terraço do primeiro andar, e na hora de dormir, as meninas podem usar meu quarto. Chanwook e eu podemos colocar os sacos de dormir no terraço e dormir dentro da barraca, então não tem por que se preocupar. É quase um acampamento!

– A barraca a que você se refere... é aquela ali? – perguntou Yujin, com um olhar perplexo, apontando para as três tendas no jardim.

Shiwoo, com um sorriso radiante, assentiu dizendo que a tenda, sendo para uma pessoa, seria fácil de mover para o terraço no primeiro andar. Vendo o rosto do mestre das soluções, incapaz de esconder o orgulho, Yujin respondeu com descrença:

– Shi-Shiwoo! Aquilo é só decoração. Não tem colchão nenhum e é desconfortável... Como pretende dormir ali? Além disso, o piso do terraço é de cerâmica! Vocês não vão aguentar o vento das montanhas, e pela manhã, vão ficar molhados pelo orvalho... Não seria melhor dormir no sofá da sala do primeiro andar?

Yujin estava aflita. Será que Shiwoo era tão despreocupado e confiante a ponto de afirmar, com toda a certeza e em voz alta, que podia resolver qualquer coisa? Eles tinham personalidades opostas: enquanto ela precisava de tudo definido, do começo ao fim, para se sentir segura, ele era do tipo que confrontava as situações antes para depois começar a pensar. Enquanto ela recitava sua lista de preocupações, ele começou a juntar cobertores e colchas extras, exibindo uma expressão relaxada.

— *Nuna*, nos MTs[4] da faculdade, tinha colchões premium? Ainda estamos na casa dos vinte anos, cheios de energia. Não vamos ter dores nas costas ou ficar tortos por passar uma noite no chão. E, se não tiver outra opção, o Chanwook disse que a gente poderia dormir no carro. É só você permitir que ele estacione. Além disso, *nuna*, é uma viagem improvisada! Eles simplesmente saíram sem preparar nada, só para me fazer uma surpresa! Nossa! Eles não são incríveis? Aposto que estão vindo sem grandes expectativas. Só precisamos de um espaço para conversarmos a noite toda, ok?

Depois de disparar essas palavras como uma metralhadora, Shiwoo rapidamente pegou suas coisas e subiu para o terraço. Hyeongjun, com uma expressão indiferente, carregava uma caixa de lâmpadas incandescentes, ninguém sabia ao certo quando ele havia chegado. Yujin não concordava totalmente com Shiwoo, mas sentiu-se um pouco aliviada com o conceito de "viagem improvisada dos vinte anos". Não eram clientes requintados, cheios de problemas, que vinham ansiosos por um momento a sós.

Vasculhando o armário, Yujin encontrou duas grandes velas de madeira vermelha, que recebera como presente de

---

[4] MT (Membership Training) é um evento comum na Coreia do Sul, onde grupos, como estudantes universitários ou membros de uma organização, viajam juntos para um local afastado. O objetivo é fortalecer laços e desenvolver o espírito de trabalho em equipe por meio de diversas atividades sociorrecreativas.

chá de casa nova ao se mudar para o apartamento próximo a Gwanghwamun. Pelo aroma forte e o tamanho das velas, ela ficou relutante de usá-las e resolveu guardar o presente por anos. Ela aproveitou e também pegou um pequeno aquecedor elétrico para os pés. Ao lado da tenda no terraço, acendeu as velas e ligou o aquecedor na tomada. Apesar do vento contínuo, a luz das velas bruxuleava em uma dança graciosa.

Shiwoo trouxe alguns banquinhos do café. Em seguida, virou uma grande caixa de papelão, usada anteriormente para guardar livros, e a fixou com fita adesiva, dedicando toda sua atenção em fazer uma mesa improvisada. Após terminar de decorar a área ao redor da tenda com uma corda de lâmpadas, Hyeongjun começou a ajudar Shiwoo com a caixa-mesa. Em silêncio, Yujin observava as costas de Shiwoo, cantarolando enquanto dava os toques finais e então desceu lentamente as escadas.

— Uau, Shiwoo! Olha só para isso! Incrível!

O terraço no primeiro andar da Cozinha dos Livros se transformara em um cenário de série juvenil. Chanwook, Serin e Nayun abraçaram Shiwoo, gritando de felicidade. Ali, havia três tendas do tamanho perfeito para crianças brincarem e cerca de dez cobertores empilhados. Ao lado, um aquecedor elétrico emitia uma luz avermelhada, enquanto lâmpadas enfeitavam a frente das tendas, cintilando como pequenas gotas.

— Ah, quanto tempo, não é? Como vocês estão?

— Que é isso, Shiwoo? Esse tipo de mesura não combina com você! Seu moleque, faz ideia do quanto a gente ficou preocupado por não conseguir falar com você? Antes de mais nada, você tem que levar uns tapas.

Com um olhar sério, Serin e Nayun deram um tapa nas costas de Shiwoo, uma após a outra. Até mesmo Chanwook, que geralmente era mais reservado, não pôde conter o riso desta vez.

– Epa, epa, meninas. Se acalmem. Eu sabia que isso ia acontecer, então preparei uma coisa. Deem uma olhada nisso – disse Shiwoo, se esgueirando.

Ele retirou a manta que cobria algo, como um mágico revelando seu truque final. Sob ela, havia uma caixa cheia de latas de cerveja e refrigerantes. Os três amigos aplaudiram e gritaram em êxtase.

– Sabe, são apenas quatro da tarde, mas por que será que estou com fome? – perguntou Nayun.

Mesmo depois de devorar um *ramyeon* de frutos do mar com *kimbap* em uma parada de descanso na autoestrada, seguido por um lanche de batatinhas caramelizadas em molho agridoce, *topokki*, espetinho de salsicha com *tteok* e bolinhos de nozes, curiosamente, o estômago dela já estava roncando de novo.

– Será que é porque não tinha carne...? – perguntou Serin, tentando demonstrar empatia. – Lembram quando fomos no MT do nosso clube e dez pessoas comeram vinte porções de *samgyeopsal*?

– Nem me fale. Esse cara aqui deve ter comido quatro porções sozinho! – emendou Chanwook, suspirando.

Os quatro riram em coro.

Shiwoo, Chanwook, Serin e Nayun eram melhores amigos desde o primeiro ano da faculdade. Eram conhecidos como os "Quatro Mosqueteiros". Eles cursaram juntos quase todas as disciplinas optativas e, quando Chanwook e Shiwoo foram para o exército, Nayun e Serin aproveitaram para fazer intercâmbio, então os quatro se mantiveram unidos até o último semestre.

Dois homens e duas mulheres. Alguns veteranos tinham certeza de que os Quatro Mosqueteiros estavam em um relacionamento romântico, mas eles eram apenas amigos. No primeiro MT do clube de publicidade, quando ainda eram calouros, foram colocados no mesmo grupo e, milagrosamente, se tornaram almas gêmeas. Olhando para trás, era realmente uma combinação que não fazia sentido. Um tempo atrás, fizeram o teste de personalidade do MBTI e quase morreram de rir ao descobrirem que Chanwook e Nayun eram tipos opostos. Em vez de dedicarem tempo para compreenderem um ao outro, estavam ocupados pensando em como aproveitar seus recém-iniciados vinte anos.

Cada um teve uma formatura, um namoro, um término e repetidas divagações até conseguir um emprego. Serin se tornou ilustradora freelancer, Nayun entrou para a equipe de suporte à gestão de uma empresa de tecnologia e Chanwook foi trabalhar como gerente de projetos de efeitos sonoros em uma empresa de jogos. Mesmo sabendo que o trabalho de Chanwook era planejar tudo referente ao departamento responsável pelo áudio dos jogos, Nayun ainda não entendia o que diabos isso significava. Shiwoo vinha sofrendo para fazer o exame de qualificação de arquiteto logo após a formatura, mas acabou desistindo e foi para Noryangjin,[5] dizendo que prestaria concurso público e, desde então, mandava poucas notícias.

Os mundos particulares dos Quatro Mosqueteiros foram se tornando cada vez mais distantes, e o tempo que passavam juntos também era cada vez menor. No início dos seus vinte anos, compartilhar o dia a dia era algo natural, mas, no fim dessa década, cada um passou a explorar seu próprio planeta, e agora só era possível manter comunicação por meio de estações espaciais.

---

[5] Bairro de Seul conhecido pela intensa atmosfera de estudos, sendo um importante centro de preparação para vestibulares, concursos públicos e exames profissionais.

No entanto, sempre que se reuniam, conseguiam voltar ao mundo do início dos seus vinte anos, quando riam ruidosamente. Podiam voltar àquelas manhãs agitadas em que se levantavam do chão duro de uma pensão barata, com o cheiro de cerveja e *soju* pairando no ar, ferviam cinco pacotes de *ramyeon* enquanto cortavam *kimchi* de cebolinha com o rosto inchado. E às brilhantes e lânguidas tardes de outono, quando cabulavam aula e se sentavam sob a ponte do rio Han para comer queijo e pão, enquanto bebericavam um vinho barato comprado no Emart e, inevitavelmente, faziam piadas bobas. A cena de Serin e Nayun no ônibus de volta para casa, enxugando silenciosamente as lágrimas após a visita ao recruta Chanwook, que haviam visto devorar pizza e frango sem nem parar para respirar, passava na mente deles como um flashback.

Enquanto falavam dos tempos de faculdade, o quarteto ia comendo *samgyeopsal* e tomando cerveja sem parar, e quando perceberam, já havia escurecido. O ar estava gelado, mas a brisa de abril era suave, a energia pungente da noite de primavera despertou lembranças das noites nos MTs universitários e a temperatura e a atmosfera familiares eram acolhedoras. O festival noturno começara e as montanhas abraçavam generosamente os quatro. No jardim da Cozinha dos Livros, os cheiros de madeira e grama se misturavam de forma intensa antes de desaparecerem, enquanto o cheiro de terra molhada e o perfume das flores eram levados pelo vento junto ao aroma das velas.

Shiwoo lembrou-se da noite do mês anterior, quando contemplara outro céu. Só havia passado um mês, mas o ar estava definitivamente mais quente e suave. Parte do céu de abril era obscura, como se envolta por uma neblina difusa, enquanto em outra parte algumas estrelas cintilantes estavam dispostas ordenadamente, como palavras escritas em uma caligrafia caprichada. O doce aroma exalado pelas velas flutuava como uma dança junto ao perfume das flores de primavera.

– Namwoo *oppa* vai casar este ano – anunciou Serin, subitamente.

Era pouco mais de meia-noite quando ela fez essa declaração. Houve um breve momento de silêncio, e os outros três trocaram olhares inquietos. O primeiro amor de Serin, Namwoo, terminou com ela duas vezes e mesmo depois disso, ainda voltaram a se ver. No fim das contas, terminaram de vez na primavera retrasada, e parece que fora sério. Nayun largou a lata de cerveja.

– Quando isso aconteceu? Ele contou para você? Quem é ela?

– A noiva é uma colega de trabalho dele, da equipe de design. Não fui contatada diretamente... mas ouvi por acaso de um conhecido que trabalha lá. Na verdade, eu conheço a menina, ela é um ano mais nova que a gente e entrou na empresa há três anos. Eu passei por ela por coincidência uma vez, e acho que eles formam um bom casal. Vão ter uma boa vida.

O tom de Serin era sóbrio. Passara-se o tempo em que perdia noites em claro, por inveja e desejo de vencer uma competição; sentia-se eufórica como alguém que ganhara o mundo; chorava soluçando feito uma criança, como se não houvesse amanhã; e gritava de surpresa, como se fogos de artifício deslumbrantes estourassem bem diante de seus olhos.

– Argh. Então, que ele viva bem, né? Ele deixou seu coração tão machucado... Vamos ver como vai ser para eles! Mas quando você soube disso? Por que não falou nada antes?

– Porque faltava achar um tempinho para a gente se ver assim, com calma...

Com o coração apertado, Nayun deu tapinhas de consolo no ombro de Serin. Chanwook e Shiwoo bateram suas latas de cerveja uma na outra e, em seguida, beberam o que restava do líquido de uma só vez, amassando-as ligeiramente antes de colocá-las no chão.

– Ai... sinceramente, não sei nem se quero me casar. Sinto como se o mundo estivesse empurrando um cronograma para cima de mim, dizendo que já estou na idade certa para casar, mesmo que eu não esteja nem um pouco preparado – disse Chanwook.

Nayun suspirou enquanto mastigava uns petiscos, emitindo um grande "croc". E concordou, remexendo a sopa de massa de peixe que borbulhava em fogo baixo:

– É verdade. É como se a data do vestibular estivesse se aproximando, mas não estamos fazendo nenhum progresso nas matérias que precisamos estudar.

Debaixo de um cobertor, Serin recostou-se no ombro de Nayun e falou, choramingando:

– Já que tocaram no assunto, eu fico pensando se minha vida seria diferente se eu fizesse o vestibular de novo agora. Ai, ai...

Nayun bateu sozinha a sua lata de cerveja na de Serin, tomou um gole e disse:

– Serin, fiquei arrepiada! Esses dias mesmo estava pensando se não conseguiria entrar na faculdade de medicina oriental se me dedicasse totalmente aos estudos.

Chanwook, que estava olhando tranquilamente para a luz das velas, deu uma risadinha e depois virou-se para Nayun enquanto abria uma nova lata de cerveja.

– Faculdade de medicina oriental, que nada! Esquece, essa vida já acabou. Acorda para a realidade. A gente precisa viver na Coreia do Sul, onde mal se consegue economizar o salário para pagar o aluguel de uma quitinete, quanto mais comprar um apartamento.

– Ah, o mercado imobiliário!

Os quatro, como se tivessem combinado, brindaram suas latas de cerveja com ênfase.

— Mas, Shiwoo, você está bem mesmo? — perguntou Chanwook, lançando um olhar de soslaio para o amigo, que apenas balançava a cabeça sem dizer uma palavra.

— Com o quê?

— Com o fato de desistir do concurso público. Você passou mais de três anos se preparando enquanto comia *cupbap* em Noryangjin. Se você tentar mais uma vez, não acha que pode ser milagrosamente aprovado?

Chanwook se sentia mal por Shiwoo. O amigo, que costumava ser tão solto e alegre, passou mais de três anos se preparando para o exame administrativo para funcionário público, cortando contato com quase todos durante esse período. Estava planejando dar uma bronca bem dada por Shiwoo ter tomado chá de sumiço depois de conquistar um cargo público, mas não fazia ideia que ele havia desistido do exame e estava morando no interior.

— O exame em si é muito desumano. Você tem que fazer três matérias obrigatórias e escolher mais duas. Se não consegue resolver uma questão em menos de um minuto, você está frito, porque provavelmente não terá tempo suficiente para terminar de resolver todas as questões da prova. — Shiwoo fez uma careta que não combinava com ele e, como se tentasse se livrar de um pensamento, sacudiu a cabeça. — Mas o maior problema é que ser funcionário público não é a minha vocação. No mundo dos concursos, o ideal é ser "uma pessoa solidária e confiável, que apoia os outros discretamente, sem se destacar". Acho que não sou adequado para esse tipo de papel nem para ocupar um cargo administrativo

Os três amigos não sabiam se deveriam concordar com ele ou não, então apenas ficaram olhando para a frente, calados. Embora não pudessem saber, acreditavam que Shiwoo tivesse ponderado muito sobre isso em todas as noites solitárias que passou. E se, apesar de sua infinita positividade, essa tivesse sido a maior reviravolta da vida dele? Quão perturbado ele deve ter ficado ao encarar a dura realidade de que ter uma visão positiva do futuro não significa alcançá-lo? O que será que ele pensou na noite em que os três anos de preparo para o exame não levaram a uma conquista, mas apenas ao rótulo de fracasso? Que tipo de adulto Shiwoo se tornara durante aquele longo silêncio, antes de reunir coragem de ligar para Chanwook?

– Disseram que este lugar estava abandonado há três anos. Participei do processo de transformação desse terreno despretensioso na Cozinha dos Livros de Soyang-ri. No final, quando pude apreciar cada parte da pousada completamente reformada, senti como se tivesse renascido. Então, pensei que só precisava criar raízes e ser eu mesmo.

– Faz sentido, você já era da arquitetura. Desistiu do exame de arquiteto e foi para Noryangjin para tentar o concurso público... e no final, acabou fazendo o que sempre sonhou.

– Exato – respondeu Shiwoo, encarando Serin. – Pensava que meus sonhos de quando eu tinha vinte anos eram infantis e irreais, mas agora entendo. Um sonho é, por natureza, algo que parece absurdo quando se pensa nele de forma realista; é a energia que faz da gente uma pessoa melhor. Quando perdi o rumo, enroscado no labirinto da vida, eles continuaram existindo como uma voz que sussurrava em minha mente. É isso que os sonhos são.

– Uau... Shiwoo, você fez algum curso de como falar de forma impressionante? Isso foi tão... piegas.

Assim que Nayun terminou de falar, Serin riu alto e Chanwook a acompanhou, bagunçando o cabelo de Shiwoo. Nayun lançava para os amigos um sorriso e um olhar que pareciam trazer lembranças antigas à tona. E então, todos se aquietaram em um silêncio familiar e acolhedor. Já não tinham vinte anos e viviam em mundos diferentes, mas era incrivelmente reconfortante poderem se encontrar assim de vez em quando. Chanwook abriu o vinho que comprara no mercado a caminho de Soyang-ri. O aroma agridoce misturava-se com o ar da noite, perfumado pelas flores de cerejeira.

– Senti sua falta, Cha Shiwoo. Mesmo sendo piegas assim, estou feliz por ver você de novo – disse Chanwook, servindo vinho no copo de Shiwoo.

– Qual é! Me deixa! Logo mais serei um trintão de respeito.

– Argh! A gente com trinta? Não quero nem ouvir falar disso!

Serin fingiu arrancar os cabelos. Sentiu como se engolisse um remédio amargo. Não era tanto por estar chegando aos trinta, mas sim porque ainda não tinha certeza se correspondia à imagem que se espera de alguém com essa idade.

– Na próxima estação das cerejeiras em flor, todos nós teremos trinta anos – murmurou Chanwook como alguém lendo a última frase de um romance.

– Ei, ei, não há motivo para ficar tão sentimental. As flores de cerejeira continuarão a florescer mesmo quando tivermos cem anos. Vamos, um brinde! – disse Shiwoo, com uma voz animada, pegando o vinho da mão de Chanwook e enchendo o copo do amigo.

Naquela noite, Nayun sonhou com Chanwook atravessando uma ponte branca sobre um caminho de flor de cerejeira. Ele segurava firmemente a mão da futura esposa em um vestido de noiva branco, estilo sereia. Depois de passar por aquela ponte, Chanwook não poderia mais voltar. Era a travessia de uma fronteira.

Todos estavam sorrindo alegremente, dando vivas e aplaudindo Chanwook. Embora Nayun também estivesse batendo palmas e com um sorriso, no fundo ela sentia que o prazo de validade do mundo construído pela amizade dos Quatro Mosqueteiros estava perto do fim. As cerejeiras despejavam suas pétalas como chuva, e Chanwook já não fazia mais parte deste mundo. Para ser honesta, Nayun não estava pronta para dar o próximo passo. Com os trinta anos se aproximando como uma onda, ela ficou lá, imóvel, apenas observando as costas de Chanwook.

***

— Nayun, levanta logo! A gente combinou de ir no lago ver o nascer do sol e andar de bicicleta. Se demorar muito, já era.
— Ah... Posso simplesmente não ir?
— Não! Foi o que combinamos ontem.
— Mas fomos dormir às três da manhã. Só dormimos por três horas.
— Mesmo assim, não pode. Anda, levanta. Aqui, seu boné! — Serin tentou acordar a amiga.

Nayun concordou, mas logo caiu no sono de novo, como se tivesse desmaiado. No fim, acabou subindo na caminhonete de Shiwoo, atrás do assento do motorista, usando o boné virado para trás. Ainda estava escuro, mas aos poucos o ambiente ia sendo tingido de azul-escuro, e as formas começavam a se revelar. As árvores à beira da estrada não moviam nem um galho. Na noite anterior, não se via nada na vizinhança, mas agora as montanhas que envolviam o lugar começavam a se delinear. O céu estava claro e era de um azul suave.

Eram 6h11, segundo o relógio ao lado do volante. Era hora de pagar o preço por ficar acordada até as três da manhã, conversando ao ar livre, ainda que fosse uma noite de primavera. Todo o corpo de Nayun latejava como se tivesse levado uma surra, e ela sentia uma forte pressão na cabeça como se tivesse uma pedra pesada contra a nuca. Pontadas agudas de dor iam e vinham como ondas, e tudo o que ela queria era voltar para a cama quentinha e macia para dormir de novo. Serin, ao seu lado no banco traseiro, parecia igualmente exausta, enrolada como um gato, com o corpo dobrado ao máximo e os olhos fechados, inclinando-se para o lado.

O lago era maior do que imaginara. À primeira vista, poderia ser confundido com o mar, tão vasto era Cheonjang, abrigando a penumbra da madrugada. O outro lado estava distante, mas, como era uma manhã clara, sem uma única nuvem, a vista estava tão límpida quanto um uma paisagem capturada em um cartão-postal. Entre a cadeia de montanhas além do horizonte, o sol começou a surgir discretamente. A luz do sol cintilava nas ondulações da água enquanto grandes álamos balançavam ao vento, fazendo os raios solares oscilarem como se dançassem. Chanwook, Nayun e Serin soltaram exclamações, enquanto Shiwoo, com um ar de satisfação, acenava com a cabeça, como se já esperasse aquela reação.

Pouco depois, enquanto Nayun estava absorta em apreciar a tranquilidade do lago, ouviu uma canção vindo de algum lugar.

– Parabéns para você, parabéns para você, parabéns para a Nayun de vinte e nove anos, parabéns para você!

Serin caminhou até Nayun carregando um bolo improvisado, formado por pequenos bolinhos Oh Yes! e com palitinhos Pepero sabor amêndoas no topo, além da cobertura de iogurte. Ao lado da aniversariante, Chanwook aproveitou para colocar nela um chapéu de festa e óculos em forma de bolo. Shiwoo batia palmas e ria, capturando o momento em fotos e vídeos.

– Ei, a gente parou num posto de gasolina porque vocês falaram que precisavam usar o banheiro. Foi para comprar isso?

Nayun soltou uma risada contagiante, mas ainda assim estava muito emocionada. E então compreendeu as ações desajeitadas dos amigos, que haviam se esforçado para esconder a festa surpresa. Desde os tênis brancos da Serin, o ninho de passarinhos na cabeça de Chanwook até o suéter cinza-escuro de Shiwoo, tudo ficaria gravado em sua memória. Nayun olhou para cada um dos amigos e talvez pela sensação nebulosa remanescente, aquilo parecia um sonho.

De uma só vez, ela soprou simbolicamente as "velas" de Pepero. Riu alto, sem motivo, tentando engolir as lágrimas. Como esperado, Serin também ficou com os olhos marejados. Chanwook, por sua vez, mantinha um sorriso malicioso, com o rosto impassível. Shiwoo aplaudia com um olhar travesso e, de repente, enfiou o dedo no iogurte, sujou o rosto de Nayun e saiu correndo.

Mesmo que esses dias nunca mais aconteçam, com a lembrança desses amigos cantando parabéns e trazendo um bolo improvisado sob a luz do nascer do sol por trás das montanhas, este lugar e esta lembrança viveriam para sempre. Nayun podia imaginar-se, em um futuro distante, recordando este momento com carinho – e a lembrança seria o suficiente.

Enquanto pedalavam ao longo da margem do lago, as pétalas de cerejeira começaram a cair como chuva. Não como uma chuva torrencial, mas como uma garoa espalhada pela brisa de primavera. Os vales e as cristas das montanhas ao redor do lago emergiam lentamente, como se estivessem ascendendo ao palco. O céu estava repleto de nuvens escuras e outras brancas como flocos de algodão, flutuando a uma velocidade impressionante. Logo, raios de sol suaves penetravam as nuvens. Finalmente, o sol da manhã brilhava no céu da primavera, antes coberto por nuvens pesadas. O céu estava claro, como se um filtro de câmera estivesse ativado, pintando tudo de um azul-celeste perfeito.

O campo de MT em Daeseong-ri surgiu na mente de Nayun. Numa manhã de seus vinte e um anos, ela estava em um barco no lago, jogando água nos outros com um remo improvisado. Era um tempo em que ria feito criança, vendo um pássaro desconhecido espirrando água e alçando voo à distância. Era uma época em que não importava em que empresa trabalhava ou qual cargo ocupava... Eram tempos em que não havia relatórios a serem apresentados em reuniões semanais.

Naquela época, os Quatro Mosqueteiros estavam livres de obrigações e cronogramas, como uma mala de viagem vazia pronta para qualquer aventura. Às vezes, o dia parecia se estender interminavelmente, como um fazendeiro preguiçoso, parado sem fazer nada. Às vezes, sentia-se uma espécie de desamparo diante da liberdade que se estendia como um mar sem fim. E, às vezes, sentia-se saudades dos tempos do Ensino Médio como se fossem memórias queridas.

Assim que se mudou para o mundo dos trabalhadores com a agendas apertadas, o tempo em Daeseong-ri tornou-se apenas uma fantasia. Nayun gastava todas as suas forças para se mostrar digna do salário que recebia; vagando pelo labirinto do sistema de gestão de desempenho, coletava jargões que pareciam dignos de relatórios. Havia dias em que ficava inquieta por não conseguir reservar a sala de reuniões, tremia de ansiedade nos dias em que o chefe estava de folga e tinha que atender chamadas de empresas parceiras; e dias em que ficava ocupada preparando atas de reuniões em que não podia tomar decisões, apenas fazer anotações. Enquanto se debatia na água, como uma criança aprendendo a nadar, o tempo voava. E então, quando olhou para trás, seus vinte anos haviam se esvaído num piscar de olhos.

Nayun rodou os pedais da bicicleta com mais força. Sua mente continuava vagando. Aquele momento permanecia ali, sem saber em qual gaveta de significados deveria ser guardado. Ela só podia observar enquanto algo surgia em sua cabeça, mas logo se dissipava como névoa. Chegou a reduzir a força nas pedaladas, mas a bicicleta continuava descendo suavemente a ladeira, contornando as curvas. O som ritmado dos pedais girando ecoava; o vento soprava vigorosamente, como o clímax de uma ópera; e o céu azul se abria como um rosto sorridente para ela.

***

– Você não quer escrever uma carta, Nayun? É um evento que estamos fazendo no café literário.

– Uma carta?

– Isso. Se escrever uma carta para a Nayun do futuro, ela será entregue junto com o livro A *papelaria Tsubaki*, de Ito Ogawa, na véspera de Natal. Mas se não souber o que dizer a si mesma, pode escrever para mim.

Nayun olhou para Shiwoo, incrédula. Percebeu que havia esquecido temporariamente o senso de humor característico do amigo. Shiwoo sorriu discretamente e, ao ouvir o chamado de Yujin, desapareceu. Chanwook e Serin foram fazer algumas compras no mercado da vila e só retornariam para Cozinha dos Livros cerca de uma hora depois.

Nayun pegou um folheto informativo do evento do café e o examinou atentamente:

OLÁ! SOU A CAIXA DE CORREIO DO FUTURO.
ESCREVA UMA CARTA PARA VOCÊ MESMA, ASSIM
COMO POPPO, PERSONAGEM DE A *PAPELARIA TSUBAKI*.
SUA CARTA E SEU LIVRO SERÃO ENTREGUES EM SEU
ENDEREÇO NA VÉSPERA DE NATAL DESTE ANO.

As instruções em letras miúdas incluíam a taxa de participação de 25 mil won, que cobria os custos do livro, do papel de carta, do envelope e do frete. Eles diziam que a carta também poderia ser enviada para outra pessoa. Se achasse difícil escrever uma carta, bastava anotar o que gostaria de dizer e para quem; a Extraordinária Cozinha dos Livros de Soyang-ri se encarregaria de escrever e enviar a carta.

Se fosse a Nayun de sempre, provavelmente não teria participado de tal evento. Não, ela nunca teria pensado em escrever uma carta para si mesma. Porém, após um tempo agradável com o vento fresco descendo das montanhas, observando as ondas do lago brilhando sob o sol da madrugada e pedalando pela margem do lago, algo dentro dela começou a se agitar. Parecia que o seu "eu" viajante tinha algo a dizer ao seu "eu" do cotidiano.

Era só selecionar o papel de carta e a caneta primeiro, a cera para o lacre e o sinete em seguida e, por fim, escolher o envelope e o selo postal. Essa era a mesma ordem que Poppo seguia ao receber um pedido de redação de uma carta em A *papelaria Tsubaki*. Havia papéis de carta de várias espessuras, texturas e cores à sua frente. Nayun começou a examiná-los um por um, lembrando-se de um caderno azul-celeste que ela e a amiga chamavam de "caderno da amizade", usado para trocar diários antes do Ensino Médio. (Quando escrevia com canetinha, a tinta se espalhava tanto que era impossível escrever do outro lado do papel.)

Ela tocou e ergueu delicadamente um papel de carta. Em primeiro lugar, queria escrever o que sentia em um papel ligeiramente grosso, com um toque de carmesim por ser primavera, e pequeno o suficiente para caber perfeitamente no envelope após ser dobrado três vezes. Embora gostasse do papel de *hanji*[6] por sua suavidade e elegância, acabou escolhendo um papel rosa-claro com uma ilustração de flores de cerejeira voando no canto superior direito, acima de uma passarela. Não era muito grosso, mas era mais firme do que parecia, não dobrava com tanta facilidade, o que era bom. Escolheu um envelope de material rígido, decorado com um fino retângulo dourado que servia de moldura para os campos do remetente e do destinatário. Com o papel de carta dentro, parecia que o conjunto ficaria bastante espesso.

Escolher a caneta foi bem mais rápido: uma caneta-tinteiro amarela da marca Lamy. Após um pequeno teste, viu que a tinta era azul-escura e a espessura da ponta da caneta, adequada. No entanto, como raramente escrevia com esse tipo de caneta, procedeu com cautela. Ao tentar escrever em um papel de rascunho, Nayun descobriu que a tinta não saía direito. Inclinando a caneta levemente e ajustando o ângulo, logo a tinta fluiu suavemente.

Sinceramente, Nayun não sabia o que escrever. Seu coração estava confuso e não havia um único pensamento em ordem. Mas como era uma carta para si mesma, decidiu que poderia ser um pouco incoerente. Decidiu encarar aquilo como um diário, apenas uma forma de guardar os sentimentos daquele momento.

Deixou a mesa de seleção de papéis de carta, envelopes e canetas e caminhou para um pequeno canto à direita. No início, percebia o ruído ao redor e o jazz ao fundo, mas gradativamente os sons foram diminuindo, como se alguém estivesse baixando o volume. Segurando uma caneta-tinteiro incomum em um destino de viagem improvisada com os amigos, ela escreveu a carta para si mesma… A caneta deslizava graciosa e imponente sobre o papel espesso e robusto.

---

[6] Papel artesanal típico da Coreia, feito a partir da casca da amoreira asiática. É uma fibra resistente, mas suave.

Ela nem pensou no que escrever, mas a caneta corria sem hesitar, como se conhecesse a história a ser contada.

Quando dobrou cuidadosamente o papel e o colocou no envelope, percebeu que ficara realmente pesado. A forma arredondada que se elevava como o peito de um pássaro era visualmente agradável. Aqueceu a cera de cor vinho intenso até derreter e a marcou com o selo que tinha o padrão de uma flor de cerejeira e as palavras "A Extraordinária Cozinha dos Livros de Soyang-ri" gravadas ao longo de um círculo.

Ao colocar a carta na Caixa de Correio do Futuro, ouviu um som abafado de "tuc", como esperado. Junto à caixa de correio, havia um trecho do livro A *papelaria Tsubaki*:

> *No momento em que coloquei a carta na caixa de correio, houve um pequeno "toc".*
> *Boa viagem.*
> *Foi como enviar meu alter ego numa jornada.*
> *A espera por um carta também é prazerosa.*
> *Tomara que chegue em segurança a QP.*

Para Nayun, foi como compartilhar seus sentimentos e conversar consigo mesma depois de muito tempo. Até então, vivia suprimindo emoções como incerteza, medo, exclusão, desânimo e frustração. Depois de um dia ocupado, lidando com as tarefas em um estado de tensão, só queria descansar ao chegar em casa, sem energia para refletir sobre seu estado interior. Mas ao finalmente encarar suas emoções de verdade, percebeu que eram menores do que imaginava. Lamentou ter vivido evitando pisar na densa e enorme selva de sentimentos, com medo de se perder.

Agora, esperava ansiosamente pelo próximo Natal. Como seria ler uma carta escrita na primavera? Deu tapinhas na Caixa de Correio do Futuro, sentindo como se alguém tivesse acolhido seus sentimentos de forma receptiva.

A melodia francesa do pequeno café onde decidiram a viagem improvisada, as conversas até altas horas enquanto tomavam cerveja na Cozinha dos Livros, a festa de aniversário surpresa e os momentos pedalando de bicicleta à beira do lago passavam um a um pela mente de Nayun.

Ao olhar pela janela, viu Serin e Chanwook se aproximando pela frente do café, carregados de sacolas. Chanwook foi o primeiro a avistá-la e acenou. A camisa que vestia desde ontem estava amassada e manchada nas mangas. Quando Serin a viu, deu um pulinho e acenou efusivamente com ambos os braços para o alto, seu vestido bege esvoaçava ao vento. Em seguida, inclinou-se para a frente, curiosa, querendo saber o que a amiga estava fazendo. Por coincidência, Shiwoo também corria de volta para a entrada do café. Ele trocou um cumprimento com Chanwook e, enquanto gesticulava explicando algo aos amigos, apontou para Nayun.

O sol de abril iluminava radiante os rostos de Serin, Chanwook e Shiwoo. Era um dia de primavera tão calmo que até o vento parecia ter parado. Nayun também ergueu os braços, agitando as mãos para cumprimentá-los, e teve um pressentimento de que essa imagem dos Quatro Mosqueteiros ficaria gravada na sua mente como uma fotografia. O tempo de hoje, o ar e até mesmo a paisagem ao redor permaneceriam estáticos tal como estavam.

Até esse momento, Serin não tinha ideia de que, a partir daquele verão, seria uma funcionária na Extraordinária Cozinha dos Livros de Soyang-ri pelos próximos anos. Daqui a três meses, a pousada se tornaria um espaço cotidiano, não mais um destino de viagem, mas ela olhou para trás várias vezes com pesar ao deixar a Cozinha dos Livros, sem perceber nenhum indício do futuro. No caminho de volta para Seul, todos permaneceram em silêncio.

A melhor rota
e a rota mais curta

Os pais de Sohee, professores em uma universidade local, sempre a incentivaram a fazer o que quisesse, permitindo que crescesse com liberdade. Ela nunca sequer havia pisado em um jardim de infância bilíngue, coreano e inglês. Enquanto seus amigos pulavam de um curso extracurricular para outro, Sohee passava seus dias lendo vorazmente qualquer coisa que encontrasse na biblioteca. Simplesmente adorava o mundo composto por letras. Para ela, o universo dos livros muitas vezes parecia mais vívido do que o mundo real.

Ao mergulhar na leitura, sentia-se mais livre do que nos próprios sonhos, e tinha uma predileção especial por histórias de aventura. Ao abrir um livro, podia se transformar em uma exploradora que se deparava com alienígenas no meio de um vasto deserto ou em uma pesquisadora que estudava répteis gigantes na Amazônia. Viajar pelo espaço, além das estrelas, era possível nas páginas de um livro, assim como se perder nos labirintos das sete maravilhas do mundo. Os livros a transportavam para mundos misteriosos e fascinantes, como uma máquina do tempo que transcendia o tempo e o espaço.

No entanto, Sohee logo conheceu, através de conversas com amigos, conselhos de professores, histórias dos pais de amigos e artigos de notícias, a pressão tácita da sociedade. O mundo exigia que ela sobrevivesse à competição acirrada e se destacasse como a melhor. Enfatizava que ela deveria se esforçar ao máximo para ser uma pessoa única e inigualável com um sonho especial.

"Sohee, eu acredito que alguém como você pode fazer ainda melhor."

"Você sabe que é duas vezes mais difícil se levantar uma vez que você escorrega, não é?"

"O mundo só se lembra do primeiro lugar. Você vai arrasar como sempre. Força, Sohee!"

Nas férias de verão do oitavo ano, Sohee passou a acreditar que, se fosse superada na competição, seu valor como pessoa desapareceria. Ela nunca havia pensado sobre que tipo de pessoa seria após vencer a tal disputa. Só não queria perder.

O pai era professor titular desde que Sohee se lembrava, mas a mãe só conseguiu esse título quando a filha estava no Ensino Fundamental. Ao contrário do pai, que concluiu o doutorado nos Estados Unidos e tornou-se professor assim que retornou à Coreia do Sul, a mãe criou Sohee e completou seu doutorado em uma faculdade coreana, e levou sete anos até, finalmente, tornar-se professora titular em uma universidade local. A vida de professor universitário fora de Seul era relativamente estável, mas havia áreas em que era nítida certa carência, tanto acadêmica quanto financeira. Toda vez que percebia um ar de decepção no rosto dos pais, Sohee ruminava sua determinação em não ficar para trás em nenhuma competição.

Não sabia se era por sua inteligência inata ou pela sua personalidade competitiva, mas ela se manteve consistentemente no primeiro lugar de toda a escola durante o Ensino Médio, sendo admitida na faculdade de Relações Internacionais e Ciências Políticas da Universidade da Coreia pelo processo de admissão contínua. Quatro anos depois, entrou na Faculdade de Direito da mesma universidade. A cada período de provas, o cheiro de ervas medicinais[7] e a intensa batalha de nervos passavam como trovões e relâmpagos, mas, inesperadamente, Sohee aproveitava o curso de direito com serenidade.

Durante as férias de verão do segundo ano do curso de direito, Sohee recebeu uma proposta de emprego de um grande escritório de advocacia. E, no primeiro semestre do terceiro ano, também passou no exame para se tornar pesquisadora jurídica. Ela tinha dois cartões de visita: um de advogada de um grande escritório e outro de pesquisadora. Embora tenha hesitado um pouco, no final, Sohee optou pela pesquisa.

O trabalho de pesquisadora jurídica era mais extenso do que se pensava. Os casos que estudara na faculdade durante a preparação para o exame da ordem, que se encaixavam perfeitamente na teoria, raramente apareciam no mundo real. Assim como as histórias de heróis lendários contadas pelos alunos mais velhos quando saíam para beber, a quantidade de documentos para ler era imensa, e o tribunal era como uma biblioteca gigante. As portas dos gabinetes de juízes estavam quase sempre fechadas, e os funcionários do tribunal trabalhavam em silêncio, com a cabeça enfiada em seus computadores, em um ambiente tão quieto que mal se ouvia uma respiração. O barulho mais alto vinha do carrinho onde eram empilhadas montanhas de documentos antes de ser arrastado para algum lugar.

Quase não havia reunião social. Cada um saía do trabalho e ia para o seu próprio canto assim que terminava suas tarefas. Quando conversou com um colega que se tornou

---

[7] Na Coreia, é comum o uso de medicina tradicional para melhorar a concentração, reduzir o estresse e a fadiga durante as provas.

promotor após concluir o estágio prático na procuradoria, ele disse que sentiu como se estivesse de volta ao exército. O tribunal era individualista. Não havia um encontro em outro andar para um lanche rápido ou um almoço com os colegas.

Ainda assim, Sohee gostava do tribunal. Sua mesa era como uma pequena ilha deserta de dez metros quadrados. O processo de organizar mentalmente os dados extensos e inicialmente confusos, fazendo com que a forma do caso se mostrasse mais concreta e fosse logicamente reestruturada, parecia o momento de criação de uma história. O dia preenchido por uma rotina imutável e um silêncio profundo, era o que Sohee mais apreciava.

Agora, Sohee completava seu terceiro ano como advogada em um pequeno escritório em Seocho-dong,[8] após concluir seus três anos como pesquisadora jurídica. No próximo ano, completaria os sete anos de experiência jurídica obrigatória para se candidatar a juíza. O plano era lançar a candidatura no outono e assumir o cargo na primavera do ano seguinte.

Choi Sohee, juíza aos trinta e quatro anos.

Ela pensava que o futuro, como uma esteira transportadora, naturalmente chegaria em uma ordem predefinida e a uma velocidade regular. Até aquilo acontecer...

Sohee fitava as quatro finas folhas de papel ao lado da alta pilha de documentos. Não precisava revisá-los novamente; o conteúdo já havia sido confirmado por telefone, e, só no dia anterior, os consultara umas cinco vezes. Era seu costume ler cada frase e palavra cuidadosamente, sem deixar escapar uma única vírgula.

---

[8] Bairro conhecido como o "centro jurídico" em Seul por abrigar diversas instituições legais importantes e inúmeros escritórios de advogados e consultores jurídicos.

Lançou mais um olhar para os papéis antes de se afundar na cadeira de couro preto, que emitiu um som de vento escapando, e logo o ar parado e o silêncio profundo envolveram Sohee, como se a comprimissem. Sobre a mesa, montes de evidências, transcrições de depoimentos e petições estavam espalhados caoticamente, todos a serem organizados e apresentados antes do julgamento daqui a três semanas. Ao lado, restava o copo plástico do *smoothie* que bebera na noite anterior.

Ela respirou fundo, exalando lentamente, e fechou os olhos. Sohee precisava de um momento. Estava em um escritório onde nem o vento soprava. Olhou pela janela para a rua cinzenta da monótona Seocho-dong, mas nada a comoveu. Foi então que, de repente, sentiu que precisava partir para algum lugar, embora não soubesse para onde. Não era surpresa, considerando que nunca fizera uma viagem significativa ou tirara férias em sete anos.

Sem pensar, abriu o aplicativo do Instagram e digitou "pousada na floresta" na barra de pesquisa. Apareceu uma enxurrada de postagens. Em seguida, pesquisou "café literário no interior" e "pensão independente no campo". Após rolar a tela, passando por várias publicações, uma chamou sua atenção. Ela piscou duas vezes ao ler:

PROMOÇÃO DE RESERVA DE LONGA DURAÇÃO
NA EXTRAORDINÁRIA COZINHA DOS LIVROS DE SOYANG-RI!
UM MÊS EM UM PEQUENO REFÚGIO DE CURA NA FLORESTA,
COM ESTADIA E CAFÉ LITERÁRIOS! RESERVE O MÊS DE
JUNHO E GANHE 40% DE DESCONTO! TENHA SEU
PRÓPRIO "ESTÚDIO DE ESCRITA".

Sohee acessou a conta oficial da Extraordinária Cozinha dos Livros de Soyang-ri, onde fotos de montanhas sinuosas, salas decoradas como estúdios de escrita, jardins cheios de flores, um aconchegante café com móveis de madeira branca e um caminho ao redor de um lago repleto de cerejeiras em plena floração apareceram em sequência na tela. Apesar de ser uma pousada recém-inaugurada, com apenas dois meses de funcionamento, a maioria das críticas nos blogs era bastante positiva. Sem hesitar, Sohee clicou em "reservar".

O estúdio no térreo do alojamento da Cozinha dos Livros era mais compacto do que Sohee imaginava. Com o tamanho aproximado de uma sala de estar de um apartamento de oitenta metros quadrados, a mesa de madeira branca para seis pessoas no centro tornava o ambiente claro e aberto, eliminando qualquer sensação de sufocamento. Era ideal para atividades como ler ou escrever, exatamente o que ela precisava. Na mesa de chá, em frente à parede de vidro, havia uma chaleira elétrica preta e um moedor de café manual; ao lado, três vasos de plantas. A estante embutida na sala de estar estava repleta de livros, cerca de cem. Olhando de perto, pareciam estar organizados por divisórias, cada uma contendo recomendações de diferentes temas, desde romances até obras de humanidades, sugerindo uma ampla variedade de gêneros. Uma caixinha de som também estava visível ao lado dos livros.

Daquele aparelho branco, colocado em uma cadeira ao lado da estante, fluía a versão de jazz ao piano de "Over the Rainbow", a trilha sonora do filme *O Mágico de Oz*. Como se fosse predestinado, o livro homônimo capturou o olhar de Sohee. Embora menor que os demais e posicionado no final da prateleira, ao vê-lo, ela sorriu como se reencontrasse um velho amigo.

Desde criança, Sohee era fascinada por aquela história. Dorothy, a protagonista, é arrastada por um ciclone e acaba aterrissando na Terra de Oz. Em busca de um meio de retornar para casa, dizem-lhe que somente o poderoso mágico de Oz poderia resolver seu problema. No caminho para encontrar o mágico, Dorothy encontra companheiros como o Espantalho, que deseja um cérebro; o Homem de Lata, que anseia por um coração; e o Leão Covarde, que busca coragem. Após uma jornada repleta de aventuras, Dorothy e seus amigos ficam chocados ao descobrir que o suposto mágico poderoso é apenas um velho comum.

Sohee gostava dessa reviravolta na trama. Particularmente, gostava de como os complexos enfrentados pelos personagens durante a vida toda já haviam sido superados ao longo de suas aventuras. A revelação de que os sapatos de Dorothy poderiam levá-la de volta para casa a qualquer momento, mas que ela desconhecia esse segredo até o final da história, deixava uma impressão duradoura.

Este trecho em particular era tão significativo para Sohee que ela o transcreveu em seu diário:

> *– Eu sei que você tem muita coragem – respondeu Oz. – Só precisa de confiança em si mesmo. Não existe criatura viva que não sinta medo quando se vê diante do perigo. A verdadeira coragem consiste em enfrentar o perigo mesmo com medo, e esse tipo de coragem você tem de sobra.*

Sohee examinou os ramos de um pé de umê oscilando ao vento através da janela de vidro do estúdio. *Será que as árvores, que não podem embarcar em aventuras, são seres que criam raízes e vivem em um só lugar, mas ocasionalmente partem em jornadas internas, retornando como sábios? Talvez as árvores possuam uma sabedoria que lhes permite contemplar seus próprios sapatos sem precisar fugir,* pensou.

Neste momento, a voz de um funcionário gradualmente chegou aos seus ouvidos.

– Então, fique à vontade para ler os livros daqui. Você também pode pegar livros do café, que fica aberto até meia-noite. Agradeceríamos se pudesse apagar a luz caso seja a última pessoa a sair. Temos um programa chamado "Estúdio de Escrita", com sessões das 9h às 12h e das 14h às 17h. Não é um momento para compartilhar suas histórias, mas sim para se reunir com outros hóspedes e escrever ou ler um livro, no mesmo horário. É uma forma de reservar um tempo para se concentrar. Mais tarde, quando vier ao café, posso explicar novamente – disse o funcionário com uma voz enérgica.

O rapaz esbelto, bem-vestido e de sobrancelhas espessas, parecia um pouco nervoso. Ele segurava um pequeno caderno do tamanho da palma da mão, onde palavras estavam escritas em letras espremidas. Com suas grandes mãos, enrolou o caderninho como se fosse um *kimbap* e prosseguiu como um ator ensaiando uma peça:

– As roupas de cama não são lavadas diariamente por questões ambientais. Trocamos a cada três dias. Caso necessite com mais frequência, por favor, nos avise. Os livros do café podem ser levados e lidos no alojamento. O nome da rede e a senha do Wi-Fi estão disponíveis no guia de informações para sua referência.

– Está bem.

Sohee estava bastante satisfeita com o estúdio, mas isso não se refletia em seu rosto. Havia apenas uma ressonância interna de um "gostei" no fundo do seu coração. E, acima de tudo, estava tão exausta que não tinha energia para dizer mais nada. Era a primeira vez que um hóspede não ficava impressionado ao ver o estúdio, o que deixou Shiwoo um tanto desconcertado.

Passaram–se três meses desde a inauguração da Extraordinária Cozinha dos Livros. Até então, Shiwoo só recebera hóspedes que vinham para viagens curtas ou para visitar o café, por isso que, desde a manhã, ele andava de lá para cá, nervoso para recepcionar os clientes que ficariam hospedados por um mês. Todos que visitavam o lugar manifestaram sua admiração. Gostavam muito mais da pousada do que ele esperava e não conseguiam esconder a emoção que sentiam ali. Sem mesmo pedir, tornavam-se fãs que postavam séries de fotos e vídeos em seus blogs e Instagram. Shiwoo, sempre simpático e animado com todos, não tinha dificuldade em abrir a boca para oferecer uma degustação de café aos clientes ou pedir que avaliassem a nova sobremesa. Por isso, antes que o dia terminasse, ele naturalmente se tornava amigo de pessoas de todas as idades e gêneros.

No entanto, a hóspede Choi Sohee era uma exceção. Ela mantinha uma expressão calma e inescrutável. Nem todos os hóspedes ficavam impressionados com o prédio da Extraordinária Cozinha dos Livros de Soyang-ri, mas, certamente, sentiam uma grande emoção ao contemplarem a paisagem natural além da janela. Era a primeira vez que Shiwoo encontrava alguém tão difícil de ler. Repassando em sua mente se havia cometido algum erro, continuou:

– Então, se precisar de algo, sinta-se à vontade para vir ao café e conversar conosco, ou entre em contato pelo número de telefone no final do guia de informações. Ah, amanhã o café será servido às oito horas. Basta vir ao café, mas se não costuma comer pela manhã, por favor, nos avise com antecedência. Obrigado.

Sohee assentiu com a cabeça como se entendesse, com um sorriso muito sutil nos lábios. Shiwoo saiu ainda com uma expressão incômoda, coçando a cabeça. Sohee sentou-se calmamente na cadeira em frente à mesa, virada para a janela. Não era a cadeira de couro macia que emitia o som de ar escapando, mas uma cadeira de madeira que proporcionava a sensação de um apoio sólido.

Ao lado da mesa, estava sua mala de viagem verde-escura, largada. O sol de Soyang-ri, banhando a parede de vidro, era tranquilo e relaxante. O ponteiro dos minutos do relógio de parede analógico se movia lentamente, como se não tivesse interesse algum no ritmo afobado da vida cotidiana de Seocho-dong, onde cada minuto e segundo eram calculados. A esta altura, a melodia de *Over the rainbow* ao piano estava chegando ao fim. Sohee recitou a letra em sua mente, sem pressa.

> *Someday I'll wish upon a star,*
> *and wake up where the clouds are far behind me*
> *Where troubles melt like lemon drops,*
> *away above the chimney tops,*
> *that's where you'll find me.*[9]

Será que realmente aqui as preocupações podem derreter como balas de limão?, pensou Sohee. Preocupava-se que tudo fosse mentira, como as doces promessas do Mágico de Oz. Sem nem ao menos abrir a mala, Sohee adormeceu por um momento.

— Já faz duas semanas, mas ainda não consigo decifrar que tipo de expressão é aquela — disse Shiwoo.
— De quem você está falando?
— Da hóspede Choi Sohee.
— Choi Sohee? Gostei dela logo de cara — respondeu Yujin, que entrara no café resmungando com uma expressão incômoda. — Me pareceu ser uma pessoa determinada,

---

[9] Em tradução livre: "Um dia farei um desejo a uma estrela / e acordarei onde as nuvens ficam para trás de mim, / Onde os problemas derretem como balas de limão, / bem acima dos topos das chaminés, / é onde você me encontrará".

embora não demonstre ser do tipo que fala muito. O que você achou, Hyeongjun?

– Ela só tem uma personalidade tranquila, acho. Parece ser uma estudante de pós-graduação escrevendo uma tese ou uma escritora que veio para terminar um roteiro – respondeu Hyeongjun devagar, lembrando da saia longa bege e do cardigã branco fino que combinavam com sua aura calma.

Hyeongjun era responsável pelos alojamentos e pelo café da manhã na Cozinha dos Livros. Uma vez a cada três dias, quando entrava no quarto para trocar a roupa de cama, sempre havia um jazz tocando: Eddie Higgins Trio, Bill Evans, Stacey Kent, Diana Panton, todos músicos de cool jazz que ele gostava. Embora fosse difícil dizer o que ela fazia ou quantos anos tinha, podia ter certeza de que a hóspede era dona de uma personalidade humilde e gentil.

– Ela nunca perde a sessão matutina do Estúdio de Escrita. Será que veio mesmo para escrever alguma coisa? – murmurou Yujin enquanto colocava cartões de papel introdutórios sobre os livros novos.

– Mas já faz duas semanas! – respondeu Shiwoo, retirando caixas para organizar o estoque e colocando quatro livros em cada. – Como posso explicar? Parece que existe uma barreira invisível ao redor dela, como se estivesse usando um escudo desses que aparecem nos filmes de ação de super-heróis. Você sabe, aquela coisa que protege quando os vilões atacam.

Shiwoo descrevia os ataques dos vilões, imitando o gesto de juntar as mãos e disparar poderes. Como se estivesse aguardando esse momento, um trovão estrondoso retumbou. O casal de clientes sentado perto da janela do café levou um susto e olhou para fora. A chuva caía ruidosamente e o céu estava coberto por nuvens escuras. Eram 14h37, mas estava tão escuro que poderiam facilmente acreditar que já eram 19 horas.

— Fala sério. Fez sol durante a semana toda, e agora que é fim de semana, o céu resolve desabar? — reclamou Yujin.

Hyeongjun, que estava verificando o estoque de produtos em miniatura dos quartos, também olhou para fora com uma expressão preocupada. O ambiente estava pesado, como se uma massa de ar estivesse se acumulando.

— A chuva não é o problema. A grande questão é: e se for um tufão? Um tufão formado no Japão está chegando pelo mar, e falaram que pode ficar maior. *Nuna*, você vai mesmo? — Shiwoo empilhou as caixas atrás do balcão e dirigiu-se a Yujin, que começara a olhar para o celular.

Ela mordeu levemente o canto esquerdo do lábio inferior antes de responder.

— É, mesmo assim, tenho que ir. Faz quanto tempo que não participo de uma atividade cultural assim?

Yujin acessou o site do Festival de Jazz de Soyang-ri. Embora a previsão fosse de fortes chuvas, apareceu apenas um aviso em uma janela pop-up sobre como assistir ao espetáculo de forma segura. Felizmente, não havia nenhum comunicado sobre o cancelamento do evento.

— Ufa. Ainda bem! Parece que não vão cancelar o festival. É a primeira vez que a Stacy Kent vem para cá e, ainda por cima, vai ter uma colaboração dela com Little Flower!

Era a quinta edição do Festival de Jazz de Soyang-ri, e graças ao apoio constante das autoridades locais para promover a indústria do turismo regional, o festival se estabelecera como um evento significativo, com a participação de bandas *indie* coreanas, artistas de primeira classe e até mesmo artistas internacionais. Quatro semanas antes, quando soube que sua amada Stacey Kent também viria ao festival, Yujin correu para comprar os ingressos. O show da artista estava programado para o horário nobre desta noite, às 19 horas.

– Hyeongjun, você vai mesmo? Não vai perder a cabeça também só porque a chefe disse que vai, hein? – perguntou Shiwoo, virando-se para o colega.

O som do vento forte soprando lá fora soava como um uivo. As gotas de chuva também não caíam diretamente no solo, sendo levadas pelo vento para algum outro lugar.

– Deve chover bastante, mas acho que não vai chegar a ser um tufão – respondeu Hyeongjun enquanto ouvia o som agudo do vento.

– Uau, o pessoal que nasceu em Soyang-ri é realmente de outro nível. Você consegue ter uma noção de como estará o tempo só de ouvir a chuva e o vento? – perguntou Shiwoo, surpreso.

– O Instituto Nacional de Meteorologia fornece a previsão da rota do tufão em tempo real – replicou Hyeongjun em um tom monótono.

Hyeongjun nascera e crescera em Soyang-ri, aprendendo a sentir a cor e a forma do som da chuva e do vento com todo o seu corpo. Por isso, mesmo que fosse difícil expressar perfeitamente com palavras, estava convencido de que a previsão do instituto de meteorologia sobre o vento diminuir gradualmente e a chuva continuar durante a noite estaria correta. Naquele momento, o celular apitou. Era uma mensagem de segurança alertando sobre chuva torrencial.

Por volta das quatro horas da tarde, Yujin e Hyeongjun dirigiram-se ao Festival de Jazz. O vento ainda soprava ferozmente, rugindo como uma intensa sinfonia pouco antes de uma tragédia na ópera, e os galhos balançavam tanto que pareciam prestes a se partir, como se o vento impiedoso estivesse determinado a arrancar até mesmo as raízes das árvores. "Não deve acontecer nada de mais", murmurou Yujin consigo mesma. "E se tiver um deslizamento de terra ou se o nível da água do lago subir e transbordar? Será que alguns artistas não vão conseguir chegar em Soyang-ri?"

A princípio, Yujin inclinou a cabeça, pensativa. Ficou pensando se não era alguém que conhecera há muito tempo, mas que agora não conseguia mais reconhecer. Sabia que já a tinha visto em algum lugar, mas não conseguia se lembrar quando nem onde. Era como se estivesse perseguindo as memórias, quase conseguindo se lembrar, mas sempre as deixando escapar por um triz. Só depois de virar a cabeça e olhar fixamente pela terceira vez, teve certeza. Aquela mulher que não parava de pular e agitar o bastão luminoso, aclamando com grande entusiasmo, era ninguém menos que a hóspede de longa data, Choi Sohee. Ela correra para a frente do palco vestindo uma capa de chuva.

Quando Stacey Kent explicou brevemente a nova música e começou a se apresentar, Sohee se transformou na fã mais fervorosa de todas. Às sete da noite, quando o show começou, ainda chovia, e as gotas de água estavam cada vez mais pesadas. Contudo, os espectadores, usando capas ou guarda-chuvas, estavam todos em pé, apreciando o evento em meio à chuva e o ar úmido. Era a reunião de todas as pessoas que, com uma determinação implacável, haviam enfrentado a forte chuva para assistir ao show. Sohee estava mais exaltada do que o normal, como se tivesse atravessado um portal para os fãs mais dedicados. Ela se misturou com o público, abraçando os outros pelos ombros sem reservas, cantando junto e batendo palmas em uníssono.

O espetáculo terminou bem depois das nove horas. A chuva ficou mais intensa e o vento começou a soprar ainda mais forte, fazendo com que a cantora, preocupada com o público, tentasse encerrar o show sem uma música bis. No entanto, a legião de espectadores com capas de chuva não podia tolerar essa situação. As pessoas só começaram a aplaudir e pegar suas coisas depois de ouvir três músicas extras e expressar seu último grito de desânimo pelo fim do concerto. Orientações para um retorno seguro para casa estavam sendo transmitidas.

– Sohee, aqui...! – Yujin esperou até que Sohee se aproximasse e, quando ela estava prestes a passar, chamou-a em voz baixa.

Sohee olhou para o lado, espantada, e logo exibiu um sorriso ligeiramente acanhado.

– Oh, Yujin! Veio assistir ao show?

Sohee despediu-se brevemente do grupo de espectadores que saíam com ela e caminhou em direção a Yujin e Hyeongjun. O capuz da capa de chuva gotejava, e o rosto e as galochas estavam encharcados. Não era uma noite de verão abafada, mas ainda assim dava para sentir um leve cheiro de suor. Suas bochechas estavam coradas e os olhos ainda brilhavam como se estivessem revivendo o momento emocionante. A *Sohee era uma pessoa tão radiante assim?*, pensou Yujin, retribuindo o sorriso.

– Parece que você gosta muito de jazz.

– Sim, não conheço muito bem, mas gosto. É que há muitas histórias com jazz nas obras de Haruki Murakami. Quando lia uma performance de jazz descrita em palavras, às vezes ficava com aquele pensamento de "hum, será que é assim mesmo?" e acabava procurando a música para ouvir. Foi assim, ouvindo um pouco aqui e ali, que acabei descobrindo algumas músicas que são do meu gosto, e é isso. Pode-se dizer que o encontro às cegas entre o jazz e eu, arranjado pelo Haruki, foi um sucesso – falou Sohee, alternando o olhar entre Yujin e Hyeongjun. – Vocês dois também gostam de jazz?

Yujin olhou para os calçados ensopados de Sohee e respondeu com um sorriso.

– Ah, o meu caso é parecido. Para mim, a música clássica é um pouco difícil, k-pop tem uma batida um tanto rápida e música indie é meio complexa... Mas o bom do jazz é que não tem essa pressão de ter que entender alguma coisa. Gosto de colocar uma música de fundo quando leio, para me concentrar, e geralmente escuto cool jazz, então acabou se tornando algo familiar. Não sei se estou no nível de dizer que adoro. – Yujin cutucou Hyeongjun, ao seu lado, com o cotovelo e continuou: – Esse carinha aqui é nada menos que um bacharel em música. Ele está em outro nível comparado a uma amadora super novata como eu. Não é mesmo, Hyeongjun?

– Nossa, é sério? – Os olhos de Sohee brilhavam de curiosidade.

Hyeongjun entrou em pânico e se apressou para retorquir:

– Ah, não é bem assim. Eu que sou o verdadeiro novato aqui. Estou esquecendo de tudo. Já não lembro de mais nada. É sério.

Os três riram ao mesmo tempo. Sentiram uma afinidade ao perceber que, em algum lugar dentro de si, compartilhavam os mesmos sentimentos. Cada um vivia sua própria rotina como ilhas distantes umas das outras, mas, lá no fundo do mar, suas emoções estavam conectadas por uma melodia similar.

Embora tivessem trazido um guarda-chuva grande, Yujin e Hyeongjun estavam tão molhados que não precisavam mais dele. Devido ao vento que soprava furiosamente, as gotas de chuva insistiam em penetrar nas roupas. Mas, fosse pela euforia ou pelo calor do show que ainda não havia arrefecido, não sentiam frio algum.

– Sohee, vou fazer *hotcakes* no café. Quer comer com a gente? Acho que é perfeito para um lanche noturno. Comprei os ingredientes vindo para cá porque sabia que estaria com fome quando chegasse na Cozinha dos Livros.

Os finos *hotcakes* tinham uma cor lustrosa de caramelo. Hyeongjun trouxera um pote de sorvete de baunilha do freezer no balcão do café. Do outro lado da janela, podia-se ouvir a chuva estalando como uma fogueira crepitante, seguida pelo som das gotas caindo, semelhante ao das ondas quebrando, repetindo o ciclo. Os três conversavam sobre o show enquanto comiam os *hotcakes* com sorvete gelado.

Yujin estava contando como começou a gostar de Stacey Kent.

– Acho que foi por isso que, quando ela cantou "Postcards Lovers" no palco hoje, me lembrei de quando viajei com meus amigos. O vento, as risadas, a temperatura e as memórias estavam impregnados em cada acorde da canção...

Sohee, sentada ao lado de Yujin, assentiu em silêncio e disse:

– Quando ouço a voz de Stacey Kent, algo se agita no meu peito. Eu me sinto como um peixinho brilhante nadando tranquilamente em um aquário. Tudo ao redor fica silencioso, e uma mistura de sentimentos comoventes, calorosos, solitários e assustadores chega de mansinho, como um novelo de emoções emaranhadas. E então, é como se a melodia afagasse suavemente essas emoções confusas.

O som da chuva batendo contra a janela e depois desaparecendo tinha o poder de evocar lembranças do passado. O som do vento definitivamente diminuíra em relação ao dia. Um breve silêncio se instaurou.

– A propósito... posso perguntar como você, sendo formado em música, acabou vindo trabalhar aqui? – perguntou Sohee a Hyeongjun, cautelosa.

Ao mesmo tempo, o ventou soprou em resposta, com um assobio. Hyeongjun parecia um pouco constrangido e começou a falar com uma voz grave, que, para Yujin, se assemelhava ao som de um violoncelo.

– Fui estudar prática musical porque queria ser compositor. Fiz o melhor que pude, mas não havia um único lugar que contratasse um compositor desconhecido. Tentei participar de concursos, fazer demos, enviar propostas e currículos, mas nada deu certo. Fiquei dois anos assim, depois de me formar, até que decidi largar tudo e voltar para Soyang-ri, passando a trabalhar meio período na loja de jardinagem de uma velha amiga da minha mãe. Não tinha nada específico que eu quisesse fazer, e nem sabia o que poderia fazer. Então, quando conheci a Extraordinária Cozinha dos Livros e vi o anúncio de recrutamento de equipe... Virei a noite escrevendo minha carta de apresentação e uma proposta de ação.

Yujin sorriu de leve ao lembrar-se daquele dia, encontrando os olhos de Hyeongjun.

– Nem me fale – emendou ela, pegando o fio da meada. – No dia da entrevista, ele devia estar tão nervoso que não falava coisa com coisa. Mas eu gostei do olhar do Hyeongjun. Havia uma urgência nele, sabe? Uma urgência repleta de sinceridade...

Em sua proposta, Hyeongjun sugeria que a Cozinha dos Livros se tornasse um rio por onde as histórias das pessoas fluiriam, com margens tranquilas para descansar e receber conforto nos momentos difíceis. Além disso, planejara um cronograma anual cheio de eventos e elaborara estratégias de marketing para as redes sociais. Por isso, antes mesmo de entrevistá-lo, Yujin tinha analisado a candidatura de Hyeongjun com Shiwoo e dito: "Definitivamente temos que contratá-lo". No final da entrevista, Yujin sorriu e disse a um Hyeongjun de ombros encolhidos, que não conseguia esconder sua inquietação: "Você pode começar na próxima segunda-feira? Como a reforma ainda não terminou, vai ser como trabalhar em um canteiro de obras por enquanto".

Yujin pensava que havia uma espécie de poder mágico em uma noite de verão chuvosa. Era um tempo que lhe dava vontade de resgatar as histórias secretas que residiam nas profundezas do seu coração. Durante o ápice do verão, nos dias ensolarados, certos sentimentos permaneciam em silêncio, mas nas noites chuvosas, eles se revelavam, pois parecia que qualquer coisa que dissesse, a chuva lavaria e levaria embora. E também porque seu coração estava tão cheio que era impossível não colocar nada para fora.

Sohee, que apenas ouvia em silêncio o som da chuva, finalmente abriu a boca.

– Eu... recebi os resultados dos meus últimos exames de rotina, e pode ser que eu tenha câncer de tireoide. Por enquanto foi visto só um tumor, mas o exame diz que a probabilidade de ser cancerígeno é alta. Então, decidi remover tudo de uma vez. A cirurgia está marcada para o mês que vem.

O ar ficou suspenso por um momento. Yujin, perplexa, ergueu a cabeça rapidamente para olhar Sohee, enquanto o rosto de Hyeongjun congelou instantaneamente, como uma pedra. Além da janela, também estava mais quieto, como se o vento perdesse sua força repentinamente e até a chuva diminuísse o som, como se lesse o ambiente. O semblante de Sohee, no entanto, permanecia imperturbável, como se estivesse contando a história de outra pessoa.

– Mas disseram que, como foi detectado no estágio inicial e não se espalhou, se eu fizesse a cirurgia, não teria grandes problemas. O médico disse que a taxa de cura é de mais de noventa por cento e que, com o avanço da tecnologia médica, nos dias de hoje, é bem simples – continuou ela, calmamente, amassando o último pedaço de *hotcake* com o garfo.

O aroma do sorvete de baunilha subiu ligeiramente até a ponta do nariz.

– Na verdade, meu tio mais novo faleceu de câncer de tireoide, uns dez anos atrás. Eu não era assim tão apegada a ele, mas... independentemente disso, ele foi a primeira pessoa próxima a mim a falecer. Foi uma memória marcante dos meus vinte anos, porque eu sabia que a vida tinha um fim, em teoria, mas nunca tinha visto acontecer de fato. Meu tio devia ter o quê? Uns cinquenta e poucos anos? Naquela época, eu só pensava que uma vida deixar o mundo era algo assombroso. Então, passados dez anos, eu sou diagnosticada com câncer de tireoide. No que eu poderia pensar...?

Sohee parou por um momento, como se estivesse organizando os pensamentos. Lá fora, o som da chuva estalando continuava incessante. Yujin e Hyeongjun estavam sentados, quietos, como atores de uma peça de teatro cujo momento de entrar no palco ainda não chegara. Ao ritmo da chuva, eles acenaram levemente com a cabeça.

Sohee soltou a respiração devagar, quase como um suspiro, e continuou falando.

– Dez anos passam assim, tão rápido? Eu tinha vinte anos quando meu tio faleceu, e agora tenho trinta e dois. Se a vida passa nesse ritmo, me veio o pensamento de que, num piscar de olhos, eu estaria com cinquenta anos.

Yujin tomou um gole do café frio. Hyeongjun estava olhando para o vazio, perdido em pensamentos. A expressão de Sohee era serena, mas sua voz continha um leve tremor. Ela colocou os dedos finos sobre a testa e afastou os cabelos para trás, então soltou um dos lados preso e amarrou de novo. Era como se estivesse amarrando a mente com uma corda firme.

– Na vida, o momento perfeito nunca vem – continuou Sohee. – Vivemos de forma imperfeita e, em algum momento, o fim chega abruptamente, como um apagão. Mas vivi meus vinte anos inteiros sem me lembrar disso. Eu era alguém com habilidades que correspondiam bem às principais provas da Coreia. Também tinha um forte espírito competitivo e me saía bem em provas de múltipla escolha com critérios exatos. Descobri os macetes para entender e resolver esses testes com respostas claras e objetivas, por isso, tive a sorte de entrar em uma universidade decente, terminei o curso de direito ilesa e vinha trabalhando freneticamente.

Sohee contemplava algum lugar fora da janela, como se lembrasse de algo do passado. Detinha um olhar resignado na paisagem além da chuva torrencial e do cheiro úmido e pungente. Ela tomou um gole de café e então, enquanto dedilhava o cabelo, como se para verificar se estava bem amarrado, falou.

– Eu estava lendo, meio que em transe, o resultado dos exames de rotina que recomendava um exame específico para confirmar se era câncer de tireoide ou não, quando, de repente, me ocorreu um pensamento. E se... isso fosse uma carta do meu tio? Se ele me escrevesse de lá do céu, acho que diria algo assim: "Sohee, pense no que você realmente quer. Não no que os outros dizem ser bom. A vida é mais curta do que você pensa".

Yujin lembrou-se do dia em que Sohee chegou à Extraordinária Cozinha dos Livros. Ela estava exausta e presa em pensamentos. A grande mala verde-escura que trouxera devia estar quase vazia, pois, hora ou outra, despencava do chão. O bosque no verão exalava vida e exuberância, como se estivesse em seu auge, mas Sohee não irradiava o mesmo brilho. Parecia solitária, como se tivesse aterrissado em algum lugar de um planeta pequeno e soturno.

Mas, nesta noite de chuva torrencial interminável, podia-se ver um leve brilho no rosto bem mais tranquilo de Sohee. Yujin não disse uma só palavra. Ouvindo em silêncio a história da hóspede, sentia como se alguém estivesse lendo para ela.

– Talvez eu tenha vivido escondida em uma zona segura – continuou Sohee, após mais um gole de café. – Todos acreditam que estou vivendo bem, que entrei na estrada certa da vida. Me aplaudem por ter passado numa prova difícil e vencido uma competição terrível. Mas, a verdade é que eu nunca parei para refletir se esse era o jogo que eu realmente queria jogar ou se essa era a pessoa que eu queria me tornar. Eu estava tão concentrada na competição que sequer me perguntei o que teria no final da estrada.

Ninguém nunca lhe perguntara "como você quer viver?". Ninguém tentara conversar com a número um da escola sobre o que ela queria fazer ou sobre como ela poderia viver como seu verdadeiro eu. A própria Sohee nunca se perguntara isso, porque essas não eram grandes questões naquele momento; ela apenas considerava que seu objetivo era vencer as competições que lhe eram dadas e vivia seguindo em frente.

– Então, o resultado do check-up de repente puxou o freio de mão da minha vida. Parecia que ele estava me encarando, como se estivesse me questionando sobre qual era o meu verdadeiro sonho e se eu sabia quem realmente sou...

– Entendo... – Yujin assentiu silenciosamente, encontrando o olhar de Sohee. – Talvez... isso seja uma sorte.

– Que parte?

– A sua vida ter freado bruscamente. É como se, em vez de simplesmente seguir em frente até virar a última página da vida, você tivesse a chance de parar e refletir um pouco.

– É, pode ser isso mesmo...

– Tem um livro chamado *É bom pensar na morte pela manhã*, escrito pelo autor Kim Youngmin – disse Yujin, tamborilando a xícara de café. O som do trovão era como batidas ritmadas vindo de um amplificador. Ela sentia como se estivesse descendo para algum lugar nas profundezas da terra. – Um conhecido me recomendou esse livro, todo empolgado, dizendo que as frases eram espirituosas e cheias de uma sabedoria resplandecente. Nele, o autor usa as palavras de Mike Tyson e diz o seguinte: "Todo mundo tem um plano aparentemente sólido. Até levar um soco na cara".

Os três deram uma risada baixa ao mesmo tempo. O ar parecia ter ficado mais leve para respirar. Yujin tomou um gole de café e voltou a falar.

– O autor questiona bastante os valores e os processos que consideramos naturais na vida. Casamento, estudos, sucesso e coisas do tipo. "Por quê?", ele pergunta. Também diz que a vida é muito curta e preciosa para ser vivida ouvindo longos discursos ou lendo textos chatos. É um livro que leva você a refletir sobre a própria vida e a ler frases que tocam o coração.

Sohee assentiu lentamente e Yujin olhou no fundo dos olhos dela.

– Então... talvez seja uma oportunidade. Pode ser que a sua vida não tenha sofrido uma freada brusca, mas sim que você tenha recebido a oportunidade de realmente viver.

– Talvez... não sei. – respondeu Sohee, segurando a caneca firmemente entre as mãos.

– Pode ter sido uma chance de ouro – disse Hyeongjun, que até o momento só ouvia e concordava com a cabeça. – Acho que minha chance de ouro foi uma passagem para a Austrália. Depois do serviço militar, fui direto para a Austrália em um programa de trabalho e férias.

– Austrália? – isso era novidade para Yujin.

– Isso mesmo – respondeu Hyeongjun devagar, olhando para o café preto morno.

A voz barítono de Hyeongjun combinava muito bem com o som da chuva. Ele, que raramente mostrava expressões, nesta noite parecia revelar um pouco de seus sentimentos. Era como olhar para a lua refletida na beira de um lago.

– Para ser honesto, eu estava fugindo. Não era como se eu tivesse um plano só porque ia voltar para o curso de prática musical. Mas um dia, meu colega de quarto me disse que não dá para ver a Estrela do Norte no hemisfério sul e, que na Austrália, a lua surge no céu e se move em uma direção diferente da Coreia.

Hyeongjun fez uma pausa, percebendo que sua voz estava meio estranha. Ele pigarreou para limpar a garganta. Yujin tentou imaginar que horas seriam, mas não conseguiu. Então, tentou pensar em como seria a imagem de Hyeongjun colhendo tomates nos vastos campos da Austrália. Também o imaginou nas noites em que ele e seu colega de quarto adormeciam exaustos, a lua cheia vagando pelo céu no seu próprio ritmo.

– No mundo acima da linha do Equador, a Estrela do Norte serve como um indicador constante. Como um padrão absoluto e imutável – continuou Hyeongjun. – Todos vivem acreditando que seguir esse padrão é a vida normal, mas, abaixo do Equador, o padrão de normalidade é diferente. Enquanto observava o céu noturno em Brisbane, lá na Austrália, eu pensei: *Quando a noite cai no deserto e você se perde, a direção indicada pelas estrelas não deve ser diferente para cada um?* Ao vagar por uma montanha coberta de neve, no hemisfério norte você procuraria a Estrela do Norte, mas no hemisfério sul, teria que olhar para a fraca Estrela do Sul. Algumas pessoas afirmam que ter um buraco no meio do donut é algo óbvio, mas dizem que originalmente os donuts eram pães sem buracos. Então… talvez não necessariamente exista apenas um padrão para ter uma vida "normal", sabe?

Yujin lembrou-se de um romance. Havia um mundo onde era normal ter duas luas no céu. Na história, as pessoas olham desconfiadas para a personagem principal, perguntando por que ela está curiosa sobre algo tão óbvio como o fato de duas luas aparecerem toda noite. A protagonista também fica desconcertada: deveria haver apenas uma lua no céu, mas por que de repente tinha duas? Aquilo não se encaixava no senso comum do mundo em que originalmente vivia, mas no mundo da história em que ela entrou por acaso, era contra o senso comum dizer que existia apenas uma lua. Isso porque artigos de jornal, notícias de TV e pesquisas de cientistas afirmavam claramente que havia duas luas orbitando ao redor do planeta.

– É verdade – concordou Sohee, acenando com a cabeça para Hyeongjun. – A nossa sociedade venera os que passam jovens nas provas e os que resolvem questões no menor tempo, mesmo que a maneira como cada um floresce possa ser diferente e haja uma variedade de rotas que podemos traçar na vida, sabe. Se uma pessoa desvia um pouco que seja do caminho, começa a ficar inquieta, mesmo que não seja uma rota estabelecida por alguém.

A voz serena de Sohee era como uma chuva de inverno caindo silenciosamente em um riacho ao amanhecer. Nela, havia mais um tom de desilusão do que de raiva.

– Parece que somos pressionados a cada momento, como se o título de "primeiro lugar" e o modo de vida da primeira classe fossem a única resposta para uma vida bem-sucedida – replicou Yujin com um aceno de cabeça. – E parece que nossa sociedade espera que aprendamos a caminhar sem nunca tropeçar… Nos amedrontam como se a vida fosse acabar se a gente errar uma vez e sair da rota pré-determinada.

– É o que eu digo. Ah, até mesmo o GPS não considera o caminho mais curto automaticamente como a melhor rota – acrescentou Hyeongjun, com um sorriso desanimado.

– Exato! – Sohee bateu uma palma em resposta, com os olhos brilhando. – Se até o GPS sabe, por que todo mundo age como se não soubesse? É só configurar a melhor rota!

Todos se entreolharam e sorriram. O termo "melhor rota" invadiu o coração de Sohee como uma onda tranquila.

A vida não é uma corrida de cem metros, mas também não seria equivocado dizer que é uma maratona? A vida, afinal, pode ser o processo de descobrir o ritmo e a direção adequadas para você e de definir o caminho ideal para si mesmo.

– Sabe, eu estava curioso sobre uma coisa. Você tinha algum plano ao reservar um mês de estadia na pousada literária? – perguntou Hyeongjun olhando para Sohee. Sua voz não soava mais cautelosa ou desconfortável.

– O plano era não fazer nenhum plano. Só achei que seria bom ficar na natureza, ler livros e escrever diários. Ah, e também ir ao festival de jazz.

Os três riram ao mesmo tempo. O ar ficou suave como uma massa de farinha macia.

– Ah, é que às vezes passo por aqui e vejo você escrevendo algo com tanto afinco... Estava escrevendo um diário, então – confirmou Hyeongjun, assentindo com a cabeça.

– É, no começo eu só estava escrevendo um diário mesmo, mas aí a história de O *Mágico de Oz* me veio à mente. A parte do mundo em que tudo parece verde porque todos usam óculos com lentes dessa cor. Então, comecei a me perguntar qual seria a cor verdadeira de Oz. Enquanto imaginava a Terra de Oz em suas cores naturais... comecei a pensar que, assim como cada pessoa tem uma cor que combina perfeitamente com ela, talvez o mesmo se aplique aos livros. Aí comecei a escrever a história de uma livraria mágica que encontrava para cada cliente o livro da vida de cada um.

Os olhos de Yujin brilharam.

– Uau, fiquei curiosa para saber mais sobre essa história.

– Ai, ainda não dá para chamar isso de história, que vergonha. Por enquanto só rascunhei coisas sem pé nem cabeça. Se fosse um desenho, estaria no nível de rabisco.

Ao compartilhar sua história, Sohee sentiu seu coração vazio sendo preenchido. Era a sensação de algo que estava entalado entre a garganta e o peito derretendo suavemente.

Uma luzinha surgiu nas trevas. Sohee se sentiu aliviada ao abrir o coração para Yujin e Hyeongjun, contando uma história que, por muito tempo, havia permanecido nas profundezas de um lago, perdida na escuridão. A forte chuva soava como uma alegre batida de bateria de jazz, como se estivesse tentando animá-la. Um sorriso se espalhou naturalmente em seu rosto enquanto pensava: *acho que fiz bem em vir aqui.*

A chuva de monção de verão caía como se fosse durar para sempre. Mas Yujin sabia que passaria. O hoje era apenas mais um passo em direção ao último momento de nossas vidas finitas. Não se pode viver apenas suportando certas noites na Terra. *Todos precisariam de um tempo para abraçar e dançar na festa da noite*, pensou Yujin. No fim, o tufão não foi páreo para essa noite.

Comendo um *hotcake* frio, Yujin olhou para Sohee, que continuava a conversa com Hyeongjun. Em breve, ela se tornaria juíza. No entanto, o título de juíza não era o destino final de sua vida, apenas o ponto de partida. Yujin secretamente desejava que Sohee passasse seu dia como juíza e terminasse a noite escrevendo. Imaginava, não muitos anos depois, a história dela sendo exibida nas prateleiras das livrarias, ansiando para que Sohee encontre sua melhor rota.

Sonho de uma noite de verão

Depois de cinco horas em pé, Serin finalmente se sentou. Ao longe, viu a moça recém-casada entrando na recepção com um minivestido de noiva. Ela parecia um pouco cansada, mas aliviada pelo casamento ao ar livre ter corrido bem. Com uma expressão relaxada, ela cumprimentava alegremente os convidados, segurando firme a mão do marido.

Após algumas semanas de sol escaldante em agosto, por algum motivo, nuvens cinzentas cobriram o céu de Soyang-ri. A luz do sol era suave, como se passasse por uma janela coberta por insulfilm, e as hortênsias de verão estavam espalhadas elegantemente pelo jardim da Cozinha dos Livros, como buquês simbolizando o amor eterno. Os convidados que vieram de longe comentavam que não estava tão quente quanto esperavam e trocavam cumprimentos.

O casamento ao ar livre foi o primeiro projeto que Serin assumiu ao vir para a Cozinha dos Livros, em julho. Mais precisamente, foi o primeiro trabalho que surgiu por acaso. Depois de visitar a pousada em abril, ela espalhou aos quatro ventos como o lugar era bonito e encantador e encheu os ouvidos dos familiares e conhecidos, além de postar fotos e vídeos no Instagram e no blog do Naver.[10]

---

[10] Plataforma on-line multifuncional extremamente popular na Coreia do Sul, atuando de maneira similar ao Google. Entre os principais serviços utilizados pelos coreanos estão a ferramenta de busca, os blogs, a plataforma de *webtoons*, o dicionário, os fóruns e o portal de notícias.

> *Nuna*, você acha que daria certo fazer a cerimônia de casamento e uma recepção ao ar livre lá?

Foi por meio de uma mensagem privada no Instagram que Jihun entrou em contato com ela depois de um longo tempo. No início, Serin não conseguiu se lembrar quem era Jihun, sentiu como se estivesse vagando em um nevoeiro por um momento, até se recordar de que era o primo mais novo de Namwoo. Ah! Aquele garoto esperto e de bom coração que morava na Alemanha. O rapazinho que viveu em Berlim por mais de vinte anos, mas que quase não tem jeito de *gyopo*.[11]

Serin respondeu imediatamente.

> Claro. Se eu fosse a noiva, adoraria fazer minha cerimônia lá! Tem uma vibe de casamento em casa. Acho bem romântico. Mas é você que vai casar?

> Que ótimo, então! Na verdade, é um veterano meu que está para casar. A noiva disse que quer muito uma cerimônia ao ar livre, mas parece que não tem mais espaços assim disponíveis em Seul, por isso eles estão procurando em vários lugares.

> Entendi. Meu amigo é funcionário de lá. Vou ver com ele.

---

[11] Termo usado para descrever coreanos étnicos nascidos ou criados em outros países, mas que ainda mantêm uma conexão cultural com a Coreia.

Graças a esse projeto, Serin acabou se juntando à equipe da pousada. Oficialmente, seu papel era fazer o design de vários produtos da marca para o café literário e planejar ações de marketing, mas, não oficialmente, ela ficava responsável pela organização de eventos de pequeno porte, como casamentos, recepções e seminários.

Preparar o primeiro casamento ao ar livre foi semelhante a entrar em uma corrida de longa distância. Até então, Serin estava acostumada a ficar sentada em frente ao notebook fazendo trabalhos de ilustração, que eram como corridas de cem metros. Agora, ela corria sem parar para garantir que o espaço da cerimônia, a comida da recepção, a decoração da festa e a música se harmonizassem como uma orquestra. Fez visitas a famosos hotéis que realizavam esse tipo de casamento, teve reuniões com fornecedores de bufê para provar as opções de comida e foi atrás de todas as lojas de iluminação e artigos de festas para arranjar as luzes e os adereços que mais combinariam com o espaço. Era como se estivesse derramando o sonho de um casamento sobre uma grande tela chamada Extraordinária Cozinha dos Livros, criando uma pintura.

– *Nuna*, quanto tempo!

– Uau, Jihun. Sério, agora você está todo crescido?

Embora não se vissem há mais de quatro anos, Serin não se sentiu estranha com Jihun. Ele emanava a mesma aura que seu primeiro amor, Namwoo; não era do tipo que falava muito, mas também não era difícil conversar com ele. Quatro anos atrás, quando viu Jihun, ele acabara de ser dispensado do exército na Coreia, seu cabelo estava curto e a pele áspera tinha algumas espinhas. Hoje, Jihun apareceu vestindo um traje sofisticado. Seus ombros eram mais largos e o cabelo mais longo estava bem alinhado com pomada. Os sapatos pretos de verniz faziam uma boa combinação com o terno azul-marinho e as meias cinza com listras roxa-escuras eram de bom gosto. O rosto dele, sorrindo enquanto encarava os olhos de Serin, estava muito mais calmo e suave do que antes. Parecia um pouco mais astuto também.

– Quando recebi sua mensagem, pensei que você fosse se casar. Mas que história é essa de veterano? Você está por aqui agora? Não mora mais na Alemanha?

– É, *nuna*. Estou fazendo mestrado em psicologia numa universidade daqui. Depois que cumpri o serviço militar, entrei direto no programa de mestrado. Então, decidi ficar e viver na Coreia. Ah, seria mais correto dizer "me estabelecer", não é?

Jihun deu um sorriso tímido. Seus olhos ainda formavam uma meia-lua. *Namwoo oppa também tinha esse olhar*, pensou Serin, trazendo involuntariamente o rosto do ex-namorado à mente. Pensar nele não doía mais como uma facada, era apenas um leve desgosto e, na maior parte das vezes, indiferente. Mas, em algumas situações, lembranças felizes surgiam e aqueciam seu coração.

– Então, mesmo morando tanto tempo em Berlim, parece que você quer viver na Coreia, hein? Ah, aquela pessoa... é a sua amiga? – perguntou Serin, abaixando a voz e olhando discretamente para a garota, sem que ninguém mais percebesse.

Jihun acenou com a cabeça, esboçando um sorriso, mas Serin pôde ver uma sombra passar pelos olhos dele. Jihun suspirou baixinho, como se estivesse tentando suprimir a tensão em seu coração.

– Sim, é a amiga de quem falei. Marie.

***

Marie e Jihun eram amigos de infância. O pai de Marie a trouxe para Berlim quando ela tinha um ano e meio, e

Jihun imigrou com a família aos cinco anos. Os dois cresceram em ambientes familiares completamente diferentes. Como seres vivendo em épocas distintas dentro do mesmo espaço, suas famílias pareciam estar em extremos opostos.

O pai dela administrava uma empresa de venda de armas. Quer dizer, isso era o que Marie pensava até completar dezenove anos. A vida do pai era tão misteriosa quanto as profundezas do mar, impossível de decifrar. Marie não tinha lembranças da Coreia, e existia uma foto dela na Alemanha, na primavera, quando tinha pouco mais de um ano. Como seu aniversário é em outubro, isso significa que tinha mais ou menos dezoito meses quando foi para Berlim. A palavra "mãe" era um tabu naquela casa. Nesse país, onde Marie não tinha parentes, não havia ninguém a quem pudesse perguntar os detalhes de sua história. Por isso, ela costumava imaginar sozinha que tipo de roupas cairiam bem em sua mãe e que tipo de expressão ela faria para tirar fotos. Às vezes, a pequena Marie examinava seu reflexo no espelho de perto, pensando quais partes de seu rosto se assemelhariam à mãe.

Ao contrário do relacionamento de Marie e seu pai, que não passava de um vínculo jurídico e superficial, a família de Jihun era muito unida. Eles eram como um só, compartilhando generosamente alegrias e preocupações.

Os pais de Jihun dirigiam uma lavanderia no bairro coreano de Berlim, abrindo às seis da manhã e só fechando às onze da noite. A mãe sempre tinha um olhar cansado e cabelos ressecados, e o pai vivia preocupado em como conseguir dinheiro para as despesas do mês, mas Jihun nunca sentiu falta de nada.

Mesmo muito ocupados, seus pais sempre encontravam tempo para olhá-lo nos olhos e dizer que o amavam, pelo menos uma vez por dia. Juntavam dinheiro em um cofrinho para comprar um presente no aniversário de Jihun e, aos domingos, o único dia de folga da semana, o levavam para passear em parques, galerias, ou em lugares como o Museu de História Natural e o Jardim Zoológico de Berlim. As inúmeras fotos capturando os momentos familiares tornaram-se evidências do amor deles. Tanto quanto Jihun se lembra, os pais sempre viveram dando o melhor que podiam, sempre estavam sorridentes e sempre disseram que o amavam. De fato, essa foi a melhor lição de vida que poderiam lhe dar. Graças a isso, ele cresceu como uma criança forte e confiante.

 A partir do quinto ano como imigrantes, a família conseguiu sair do sufoco. A lavanderia tornou-se uma fonte de renda estável e contínua, e eles assumiram a mercearia ao lado, que estava prestes a fechar. Mesmo após abrir a segunda lavanderia no distrito de Mitte, aumentando as taxas de lavagem e conserto, a procura não diminuiu devido ao boca a boca. Havia sinceridade naquele lugar. A lavanderia tinha uma atmosfera calorosa e solícita, e na mercearia, cumprimentos animados iam e vinham. Os clientes recebiam genuína atenção e afeto, e voltavam a visitar o local, como se fossem atraídos por um ímã. Não era por terem roupas para lavar, nem por estarem com fome. Era porque queriam encher seus corações. Os pais de Jihun eram aqueles que fortaleciam os abatidos e engomavam gentilmente os corações amarrotados das pessoas. A prosperidade da lavanderia e da mercearia simplesmente seguia o curso natural das coisas.

 Aos dez anos, Jihun começou a frequentar uma escola internacional a trinta minutos de carro de Berlim. Assim, o sonho dos pais, acalentado desde que imigraram para a Alemanha, foi realizado. A escola era quase perfeita em termos de currículo e ambiente educacional. Embora a mensalidade somasse dezenas de milhões de wons por ano, seus pais não consideravam um centavo desperdiçado.

No primeiro dia, Jihun foi para a nova escola com o coração ansioso. Ao abrir a porta do antigo prédio de tijolos vermelhos, deparou-se com uma sala de aula luminosa e moderna em seu interior. Cada turma tinha quinze alunos, e todas as aulas eram conduzidas em inglês. Havia espaços para diversas atividades: equitação, flauta, natação, tênis, balé, futebol e até mesmo musicais. O professor titular sempre tinha um sorriso radiante como o sol. O teto alto brilhava graciosamente, e o campo verde estava sempre bem cuidado. A escola internacional era um paraíso onde se podia fazer amigos de diversas nacionalidades num instante.

Assim que entrou na sala de aula, o Jihun de dez anos, o aluno transferido, reconheceu de imediato o rosto de Marie, que estava sentada na segunda fileira. Em vez de dizer que a reconheceu, talvez fosse mais apropriado dizer que um vídeo adormecido num lugar profundo de sua mente entrou no modo reprodução automática. A primeira vez que a viu, foi no Museu de História Natural de Berlim, aos sete anos. Marie tinha um rosto quase inexpressivo e estava sentada ao lado de sua irmã mais velha, com uma expressão séria, no saguão central. Jihun passou por ela e, em seguida, voltou-se para olhá-la. O rosto da menina era bonito como uma boneca de cera, mas ela tinha um olhar sombrio que não se via em outros coleguinhas da mesma idade.

Logo percebeu que a criança estava olhando para sua família. O pai e a mãe de Jihun seguravam cada uma de suas mãos, com os rostos alegres pela expectativa de ver os dinossauros e relaxar com o filho após uma semana exaustiva. A mãe conversava constantemente com Jihun em coreano. A menina ficou olhando de relance para eles até que a família passasse pelo corredor em arco e desaparecesse na sala ao lado, cheia de borboletas e insetos empalhados. Então, por um momento, os olhos de Marie e Jihun se encontraram, e para ele, isso ficou gravado para sempre no coração, como uma marca incompreensível.

※ ※ ※

Aos vinte e sete anos, Marie nunca havia bebido até ficar bêbada. Mesmo nas festas onde todos bebiam até cair, bastava ela fingir estar bêbada para que todos acreditassem sem questionar. Os amigos pensavam que ela fosse fraca para álcool, mas, na verdade, não era. Ela não acreditava em hipnose ou terapia. Seria mais correto dizer que ela evitava, em vez de não acreditar. Estava sempre atormentada com a remota possibilidade de seus pensamentos mais íntimos virem à tona. Quando mentia, pensava bem se aquilo soaria natural, além de se certificar de passar todas as informações necessárias... E foi assim que, em algum momento, ela começou a se sentir confortável mentindo. Dizer a verdade sempre fora mais difícil.

— Você não está triste por ter que voltar aos Estados Unidos?

— Estou, é uma pena, mas minha mãe está me perturbando para voltar logo.

Marie respondeu ao veterano do laboratório com um tom que encerrava a conversa e olhou ao redor da Cozinha dos Livros. Ao pôr do sol, o jardim se transformara no local de recepção. Luzes amareladas suaves, dispostas como uma alpondra, atravessavam o gramado, e uma valsa que lembrava a brisa leve de uma noite de verão estava tocando.

Claro, Marie não tinha nenhuma mãe pedindo para ela voltar aos Estados Unidos, mas, quando falava aquilo, parecia que poderia ter uma mãe carinhosa, gentil e fofa, que às vezes ficava emburrada de verdade. Como uma roteirista meticulosa e obstinada, ela completara o teatro da própria vida. Decorava os pormenores estabelecidos no roteiro, imaginava as personagens e repetia várias vezes que realmente existiam, que eram reais. Era como lançar um feitiço. Pensar na mãe de Jihun tornava tudo ainda mais fácil. Então, ela acreditava.

Para sua surpresa, ao imaginar uma família fictícia e construir um mundo com histórias falsas meticulosamente trabalhadas, uma nova realidade podia aparecer diante de seus olhos. Não havia problema algum. A vida não é, afinal, um emaranhado de verdades e mentiras? Dentro da mentira, desdobrava-se um mundo doce, confortável e que aparentemente tinha algo de especial.

– Teria sido bom se sua mãe tivesse vindo com você para a Coreia... Um ano como intercambista é pouco para deixar um histórico de pesquisa substancial. Então, sobre isso...

Fosse por falta de noção ou por gostar de socializar, o garoto continuava a falar enquanto balançava a taça de champanhe. Esse veterano era doutorando em psicologia cognitiva na área de comunicação midiática. As bolhas na taça reluziam como joias.

– Ah, *seonbae*, só um minutinho.

Marie interrompeu o discurso do veterano com um sorriso que revelava dentes alinhados e então, como se tivesse visto algum conhecido, ela acenou com a cabeça e se levantou. O homem virou-se para ver com quem ela interagia, mas era difícil identificar. Colegas e conhecidos do laboratório cochichavam de maneira comedida e às vezes soltavam risadas.

Como um camaleão camuflado, Marie se misturou naturalmente com a multidão. Sorriu discretamente ao ver uma colega que alguns dias antes falara alto, segurara-a pelos ombros e brindara em um karaokê onde estiveram juntas. Marie gostava dos eventos coreanos regados a álcool. Ao longo da vida, era a primeira vez que experimentava viver em uma sociedade onde as pessoas eram tão próximas umas das outras. Existe uma expressão bem coreana ("somos estranhos?"),[12] que traduz o forte espírito de comunidade desse povo, e era essa sensação que fazia Marie se sentir à vontade – como se tivesse voltado para casa depois de muito tempo – enquanto perambulava pelo ambiente como um mago despertado pela energia da bebedeira.

A mesa do bufê também estava repleta de pratos coreanos. Costelinha de porco refogada, *japchae*, várias panquecas, *kimbap*, *chobap*, *bulgogui*, *janchi guksu*, o típico macarrão de festa, estavam todos dispostos em fila, esperando para serem comidos. Tigelas de cerâmica simples, mas robustas, cintilavam junto aos utensílios de mesa, como se estivessem ansiosas para serem usadas. Marie resgatou a lembrança da mesa de Natal na casa de Jihun. Nascida e criada em Yeosu, Jeolla do Sul,[13] a mãe de Jihun sempre obteve sucesso na sua missão de criar uma pequena Yeosu em Berlim, reunindo todos os ingredientes da Coreia do Sul que podiam ser encomendados ou comprados na Alemanha. Os protagonistas eram o *kimchi* de mostarda marrom, o ensopado de cavala com *kimchi* envelhecido e o guisado de frutos do mar, além de mais de nove tipos de acompanhamentos, incluindo ovos marinados em molho de soja, salada de brotos de feijão e tofu grelhado.

Para Marie, na época, uma refeição coreana centrada em mariscos era algo completamente novo. Estava familiarizada com o *bulgogui* e um *kimchi* menos apimentado,

---

[12] Expressão tradicional do dialeto de Gyeongsang (우리가 남이가), originalmente usada para enfatizar solidariedade e cooperação, refletindo o forte senso de comunidade entre pessoas da mesma região.

[13] Província famosa por sua culinária típica, principalmente pela quantidade e variedade de acompanhamentos servidos em uma única refeição e pela geografia favorável para a criação de diversos pratos, incluindo ingredientes pescados em cidades litorâneas como Yeosu.

mas era a primeira vez que via comidas como o guisado de frutos do mar, o ensopado de peixe e o *kimchi* de mostarda. Contudo, ao colocá-los na boca, eles derretiam como se o paladar ansiasse por aqueles sabores há muito tempo. Seu coreano não era perfeito, mas ela conseguia entender quase tudo o que Jihun e os pais diziam na língua materna. Quando estava com a família do amigo, Marie não precisava inventar nenhuma história. Eles acreditavam que qualquer pessoa, mesmo sendo comum e vestindo roupas comuns, brilhava quando vivia à sua própria maneira. Não entendiam de jeito nenhum a excitação e a sensação de superioridade momentâneas proporcionadas pelo fingimento de possuir. O espírito de ostentação não encontrou nenhuma brecha para se infiltrar naquela família.

Assim, quando estava com Jihun, Marie conseguia se libertar da pressão de ter que parecer perfeita e especial. A família dele nunca a interrogou, nem sequer expressou curiosidade sobre como fora a vida dela até o momento. Não questionava direta ou indiretamente o que o pai dela fazia, se tinham muito dinheiro, quais eram as memórias mais marcantes com a mãe, ou quais eram seus sonhos para o futuro. Para os pais de Jihun, Marie era apenas a amiga do Jihun, e para Jihun, Marie era a amiga coreana que ele conheceu na Alemanha. Seus olhares diziam "isso é o suficiente, do que mais a gente precisa?". Quando se encontrava com eles, Marie podia sorrir em paz, sem se preocupar com nada.

– Marie, aqui!

Jihun, do outro lado do jardim, chamou por ela. Embora não tivesse falado em voz alta, foi o suficiente para que chegasse nitidamente nos ouvidos de Marie. Assim que começou a andar em direção a Jihun, passando por todos, os colegas do laboratório de psicologia lançaram olhares furtivos para ela.

Marie tinha um rosto pálido, uma testa pronunciada e grandes olhos com pálpebras duplas bem-marcadas, como os de uma boneca Barbie. Ela amarrou os cabelos tingidos de castanho-claro para trás e, por um instante, eles balançaram ao vento. O vestido preto simples, sem nenhuma estampa, caía-lhe perfeitamente bem, como se fosse uma modelo, e a maquiagem discreta realçava ainda mais seu belo rosto. Embora estivesse encolhendo os ombros, como uma criança assustada, seu jeito de andar lembrava uma graciosa bailarina. Um mar misterioso e ondulante emanava dela. Por mais que estivessem juntos no laboratório por quase um ano, para os outros, Marie continuava sendo a nova pesquisadora que ninguém conhecia.

– Ei, ei, você continua a mesma – disse Jihun, apoiando Marie quando ela quase tropeçou ao atravessar o jardim da Cozinha dos Livros.

Quando Marie levantou os olhos, deparou-se com Jihun, de terno elegante e sorriso largo. Ao lado dele, uma mulher de aparência simpática parecia olhar fixamente para ela.

– Como pode uma pessoa não ter mudado nada?

– Jihun... – Marie acenou sem perceber, pois era a primeira vez em muito tempo que Jihun estava sorrindo para ela.

***

Cair era a especialidade de Marie. Apesar de seu rosto e postura impecáveis, ela vivia tropeçando. Fosse nas aulas de balé na escola internacional, caminhando pelos corredores durante as trocas de aula, na festa de Halloween no pequeno jardim do dormitório, ou ensaiando no palco para um musical, ela estava sempre propensa a quedas. Inclusive, ficou amiga de Jihun por causa de um incidente desses.

Eles quase se esbarraram enquanto caminhavam pelo corredor da escola, mas ao tentar desviar, Marie tombou de lado e torceu feio o tornozelo. Incapaz de se levantar sozinha, Jihun a carregou nas costas até a enfermaria, e, a partir daquele dia, os dois passaram a andar sempre juntos.

Marie teve que usar gesso na perna por quatro semanas, e Jihun achou que, já que ela havia se machucado por causa dele, era claro que ele deveria carregar a mochila dela e outras coisas que ela precisasse. Os dois faziam a lição de matemática juntos e liam livros como O *Sol é para todos*, *Anne de Green Gables* e O *Pequeno Príncipe* para a aula de debate literário.

Foi na época do Natal daquele ano que Marie conheceu os pais de Jihun.

– Minha nossa! Você é bonita mesmo! Como pode?

A mãe de Jihun abraçou Marie assim que a viu. Era como uma tia encontrando uma sobrinha que não via há anos. A menina ficou sem jeito e seu rosto ficou tenso, mas ela não desgostou do abraço acolhedor que cheirava a comida.

– Mãe, essa é a Marie de quem eu falei. Ela diz que fica mais confortável com o alemão, mas também sabe coreano. Ela faz aulas particulares de coreano desde o jardim de infância. – Jihun apresentou Marie aos pais sorrindo de orelha a orelha.

– Continuar estudando coreano não deve ser fácil. É realmente impressionante. Uma verdadeira coreana, afinal.

O pai de Jihun recebeu-os trajando um terno perfeitamente engomado. Ela segurou cuidadosamente a mão estendida e ficou um tanto surpresa ao sentir um toque mais macio do que esperava.

Desde então, Marie participou de seis jantares de Natal com a família de Jihun. O menino pensou que, decerto, também passaria o sétimo Natal com a amiga, mas na véspera daquele dia, ele não conseguiu entrar em contato com ela. Esperou, pensando que devia ter acontecido algo e que logo teria notícias, mas dez anos se passaram e ela não apareceu. Sumiu sem deixar rastros, como se tivesse decidido com firmeza que iria romper o elo entre eles. Na verdade, Marie poderia ter entrado em contato com Jihun nesse meio tempo, mas optou por não o fazer.

Jihun entrou na Universidade de Leipzig e recebeu um diploma de bacharel em psicologia. Ele acreditava que poderia encontrá-la na faculdade e fez de tudo para descobrir alguma pista, mas não havia nenhum sinal dela. Marie não tinha amigos, não usava redes sociais, nem tirou fotos na formatura do Ensino Médio e, obviamente, suas informações pessoais na escola eram privadas. Mesmo assim, ele não podia desistir. Seu coração simplesmente não permitia. Quando estava com ela, pensava que era só amizade, mas, depois que ela se distanciou, parecia que uma parte de seu corpo fora arrancada. A saudade batia à porta sem cerimônia, e as lembranças se tornaram vívidas como as folhas de outono. Ficava cada vez mais claro para Jihun que Marie era mais do que apenas uma amiga.

Isso não quer dizer que ele não se lembrava com clareza de como Marie nunca revelava sua verdadeira face ao encarar pessoas estranhas, como se usasse uma máscara. Quando eram crianças, Jihun não pensava muito sobre isso, mas agora, um pouco mais velho, olhando para trás, parecia que Marie se sentia mais confortável com sua versão mascarada. Mesmo tendo vislumbrado esse aspecto da menina, arrependia-se de nunca ter perguntado diretamente sobre seu passado ou a consolado. Ela era cheia de comportamentos complexos, que pareciam calculistas e incompreensíveis, mas ele conhecia a verdadeira face de Marie. A face medrosa, que chorava sozinha, para ninguém saber, que só queria ser uma menina comum...

E hoje, ao pôr do sol, Marie estava de frente para Jihun no jardim da Cozinha dos Livros. Ela, que simplesmente aparecera após uma década, transpondo a barreira do tempo como se não fosse nada, estava ali, encarando-o. Ele sabia que ela poderia desaparecer como uma miragem, se assim desejasse. Sentindo uma pontada dolorosa em seu coração, Jihun apresentou Serin a Marie.

– Esta aqui é a Serin *nuna*. Ela é uma ilustradora muito promissora.

– Parece que ele tem o hábito de exagerar quando apresenta os outros, não é mesmo? Vocês eram melhores amigos na Alemanha, certo?

– Ah, sim. Eu... – Por reflexo, Marie engoliu em seco antes de continuar. – Me chamo Marie.

Marie chegou a considerar a possibilidade de fingir não ser fluente em coreano para sair daquela situação. Era difícil explicar com exatidão, mas tanto Jihun (vestindo um terno chique agora, mas com quem ela compartilhara a infância) quanto a adorável mulher à sua frente (com um sorriso nos olhos) a intimidaram de alguma forma. Talvez fosse a pressão de sentir que não deveria mentir.

– Marie, que nome bonito. Combina com você. Ah, é mesmo! Sabem... – disse Serin, como se de repente se lembrasse de algo. Seu tom de voz era calmo, mas uma emoção de expectativa estava presente quando continuou: – Hoje à noite, a partir das sete horas, teremos a programação do corujão na livraria. É um encontro de leitura que circula nas pequenas livrarias de bairro, que ficam de portas abertas até às onze da noite. E hoje é justamente o nosso dia. Como a recepção deve terminar às sete, o corujão na livraria vai seguir conforme o planejado. Nossa chefe vai conduzir... Já que vocês estão aqui, gostariam de participar?

Serin estendeu um panfleto para Marie. Jihun sorriu discretamente e fez um leve aceno com a cabeça. Sem perceber os olhares cheios de significado entre os dois, Marie leu o impresso.

LIVRO DE AGOSTO:
UM LUGAR BEM LONGE DAQUI, DE DELIA OWENS

ESCUTE ATENTAMENTE A VOZ DA SOLIDÃO E DO ISOLAMENTO ATRAVÉS DA VIDA DE KYA, ABANDONADA EM UM LUGAR INÓSPITO.

Marie não queria nem imaginar a cena de uma menina abandonada. Após desviar o olhar do papel, ela falou naturalmente, mantendo uma expressão graciosa:
– Ah, acho que só vou tomar um café *latte*...
– Vamos lá, Marie! – disse Jihun, interrompendo-a. Havia certa determinação em sua voz grave.

Por reflexo, Marie olhou para o lado, onde Jihun estava, e seus olhos se encontraram.

Nos olhos dele havia um mundo. Era a margem de um lago tranquilo e cristalino, iluminado pela calorosa luz do luar, onde um filhote de elefante bebia água despreocupado. O silêncio reinava, e uma brisa suave soprava. Ali, a luz do sol não fazia falta. Por outro lado, nos olhos de Marie, havia um mundo caótico e tumultuado. Uma montanha-russa passava com um estrondo, e fragmentos de memórias desordenadas flutuavam pelo ar. Uma casa em situação precária, rachada e despedaçada por toda parte estava à beira do desabamento.

Jihun olhava para ela, estático.

Está tudo bem, Marie. Tudo mesmo, dizia ele com os olhos. Pois as emoções são profundas, misteriosas e complexas demais para serem expressas em uma linguagem imperfeita.

Marie temia o olhar transparente e límpido de Jihun. Parecia que até ela se tornaria transparente sob aquele olhar. Ainda estava perdida em um atoleiro de segredos e não podia arrastá-lo para as profundezas do lamaçal do qual não conseguia escapar. Apenas olhava para Jihun em silêncio. Mas logo a força que tinha para cerrar os punhos estava se esvaindo.

A leitura prosseguia na sala de seminários do café literário. Uma serena peça instrumental de piano tocava como música de fundo. Seis ou sete pessoas estavam sentadas à longa mesa de madeira maciça e uma delas, na frente do projetor, lia em voz alta:

> *Meses se passaram e o inverno se instalou*
> *com suavidade, como fazem os ventos do sul.*
> *O sol, quente feito um cobertor, envolvia os ombros*
> *de Kya, chamando-a mais para o fundo do brejo.*
> *Às vezes ela escutava ruídos noturnos que não conhecia*
> *ou se assustava com algum relâmpago próximo demais,*
> *mas, sempre que titubeava, era a terra quem a amparava.*
> *Até, por fim, em algum instante que passou despercebido,*
> *a dor no coração se esvair para dentro da areia como água.*
> *A dor continuou ali, mas no fundo. Kya pousou a mão na*
> *terra molhada que respirava, e o brejo virou sua mãe.*

Frases do livro se tornaram sons que se propagaram pelo espaço. As letras impressas no papel ganhavam vida no mundo real, como um filhote recém-nascido, formado pela voz de alguém. De repente, a pequena sala se transformou no terreno pantanoso de Kya. Lá fora, o som distante das cigarras repercutia, como o sussurro da relva sendo balançada pelo vento, e alguns vaga-lumes esvoaçavam como estrelas cadentes perdidas do outro lado da janela.

– Qualquer um pode encontrar algo de si mesmo em Kya, de *Um lugar bem longe daqui* – começou Yujin, que liderava o clube do livro. – Quando Kya tinha cinco anos, sua mãe saiu de casa e nunca mais voltou. Até mesmo os irmãos e irmãs que não tinham forças para enfrentar a violência do pai fugiram de casa um a um e, eventualmente, até mesmo o pai beberrão foi embora. E, então, a criança foi abandonada na natureza, onde só havia pântano e brejo.

Marie sentiu-se exposta. Era como se os segredos que ela escondera e mantivera tão bem guardados por todo esse tempo estivessem derretendo sob o sol do meio-dia. A máscara, grudada ao rosto como uma segunda pele, estava lentamente desaparecendo. Sem se dar conta, imaginava as pupilas azuis de Kya.

– Enquanto o mundo cria todo tipo de rumores sobre Kya, ela faz da solidão sua amiga e vai crescendo com a força reconfortante que o pântano oferece – continuou Yujin. – Depois que Chase, fascinado pela beleza misteriosa de Kya, e Tate, o único amigo que ela tinha na infância, entram em sua vida, tudo começa a mudar. Acredito que, nesta obra, a autora questione o que é a solidão e qual é o significado do amor em nossas vidas por meio da luta solitária de Kya e do amor puro e incondicional de Tate.

Quando Jihun leu *Um lugar bem longe daqui* pela primeira vez, dois anos antes, ele pensou em Marie. Isso foi antes de ela reaparecer em sua vida. Imaginando em que lugar sob o céu Marie poderia estar, desejava que este livro a encontrasse.

Jihun sabia. Ele sabia que Marie encontraria conforto nos vastos pântanos da história. Que ela receberia um tipo de consolo completamente diferente de passar horas conversando em um café ou bar de vinhos. Que Kya se sentaria ao lado de Marie, observando silenciosamente o pôr do sol. Que compartilhariam os momentos solitários e melancólicos enquanto o sol se punha sobre o pântano, tingindo tudo de vermelho. Que, ao encontrar o livro, Marie teria uma amiga para confidenciar seu coração. Que, para Kya, ela poderia dizer qualquer coisa...

A primeira sessão terminara, e os membros do clube do livro conversavam baixinho, preparando-se para o coffee break. Jihun saiu por um momento dizendo que ia ao banheiro. Marie começou a ler a primeira página de *Um lugar bem longe daqui*, que estava sobre a mesa. Era um livro com um poder de atração extraordinário desde a introdução.

Então, a voz de Jihun veio de trás.

– Pronta?

– Para o quê...? – respondeu Marie, virando-se, espantada.

– Para um passeio em uma noite de verão – respondeu ele, levantando um spray repelente de mosquitos.

– Agora? Não está vendo que estou de salto alto?

Ele sorriu ao ver a expressão incrédula de Marie. Sentia uma empolgação infantil em seu olhar.

Jihun entrou na pequena trilha conectada ao jardim dos fundos da Cozinha dos Livros. O ar úmido e abafado da noite de verão ainda pairava ao redor como um balão de ar quente que ainda não subira ao céu. Não havia postes de luz, mas o entorno estava iluminado pelo luar, e havia muitas pessoas ao longo da trilha no bosque. Às vezes, ouvia-se um som baixo, semelhante a um guincho, e o riso das crianças ecoava. Havia vaga-lumes ali. Em uma noite de verão, crianças de sete ou oito anos corriam, saltitando e gritando enquanto apanhavam os insetos cintilantes. Apesar do mormaço, o vento no bosque, agora um pouco mais fresco, soprava suavemente, como se fizesse os vaga-lumes flutuarem.

– Se eu soubesse disso, teria vindo de tênis.

Quando Marie reclamou que os saltos eram desconfortáveis, Jihun sorriu e, colocando a mochila no chão, tirou um par de tênis.

– Sabia que você pensaria assim.

– Hã? Quando foi que... o que é isso?

– É um presente de aniversário. Você calça 34, certo? – disse Jihun de maneira indiferente enquanto colocava os tênis aos pés dela.

– Isso mesmo. – Depois de hesitar por um momento, Marie calçou os sapatos e falou: – Você sabia? Dizem que na Coreia, se você der sapatos de presente, a pessoa foge.

Jihun olhou diretamente para ela por um instante. Marie sentiu uma pontada no coração, como se compreendesse o que a expressão dele queria dizer.

– Bem, você é mestre em dar um perdido, não é? – Jihun riu como se estivesse brincando, mas havia um forte ressentimento dentro dele.

Marie ficou momentaneamente sem palavras e permaneceu quieta. Enquanto a ajudava a se levantar, Jihun apontou para um declive.

– É lá para baixo. Uns cinco minutos de caminhada e chegaremos a um terreno plano e pantanoso.

Eles seguiram por um caminho que desviava ligeiramente da trilha. Ali, havia uma pequena área pantanosa, e alguns casais estavam de mãos dadas, admirando a vista. Sons de insetos e coaxar de sapos preenchiam o ambiente, com o canto das cigarras tornando tudo quase ensurdecedor. O vento que soprava do pântano era tão fresco que chegava a ser gelado. Além disso, o zumbido dos mosquitos era incômodo aos ouvidos, e por estar usando tênis sem meias, a sola dos pés dela começava a ficar pegajosa. Mesmo assim, Marie estava simplesmente contente. Estar no meio de um bosque na Coreia do Sul, repleto de vaga-lumes em pleno verão junto a Jihun era incrível e, ao mesmo tempo, maravilhoso. Em seguida, lhe ocorreu que era curioso Jihun conhecer tão bem a geografia deste lugar, onde ele nunca estivera antes.

– É aqui. Chegamos.

– Uau... O que é isso tudo?

– É mesmo, o que será que é isso tudo?

Jihun esboçou um sorriso suave. No local, havia uma toalha xadrez vermelha estendida e uma cesta de piquenique cheia de doces e champanhe. Em frente à cesta, havia um cartão-postal com uma ilustração de vaga-lumes na floresta e, no verso, estava escrito à mão "Para Jihun e Marie".

– Serin *nuna*, que você conheceu mais cedo, me contou sobre o lugar perfeito para ver vaga-lumes. Disse que haveria algo interessante se viéssemos aqui. Olha só!

Dezenas de vaga-lumes voavam agrupados de um lado para outro, cruzando a área de água rasa como um pequeno charco, como se estivessem transmitindo uma mensagem codificada. Mesmo enquanto bebia champanhe, Marie não conseguia tirar os olhos dos pirilampos.

– Esse lugar é realmente sensacional. Sinto como se estivéssemos em um planeta diferente da Terra.

– Ouvi dizer que, originalmente, aqui não era um lugar onde viviam vaga-lumes. Mas a Cozinha dos Livros os trouxe de Muju para cá.

– Ah, é mesmo? Então é um lugar cheio de cuidado e dedicação – disse Marie, olhando ao redor mais uma vez.

Jihun assentiu com seu sorriso característico.

– Se seguirmos o caminho que descemos, ele nos levará direto para o lago. Antigamente, era um caminho muito usado pelos moradores, mas com o surgimento da rodovia federal na parte baixa da vila, a trilha se tornou desnecessária. Parece que, por isso, criaram esse evento com vaga-lumes para mostrar o quão bonito é este lugar.

Ao ouvir as palavras de Jihun, Marie sorriu ligeiramente e acenou com a cabeça.

– Entendi. Um caminho que não é mais necessário...

Jihun pegou um pastel de nata da cesta recheada de doces e deu uma mordida. E então, olhando para as lanterninhas, continuou a falar.

– Dizem que os vaga-lumes vivem, no máximo, duas semanas emitindo luz durante o ano. Brilham por catorze noites e aí desaparecem no universo. Isso me fez pensar que as oportunidades de compartilhar histórias verdadeiras não são tão frequentes assim na vida... E se nós também tivermos apenas catorze noites em toda a vida para dizer a verdade?

O sorriso minguou no rosto de Marie. Jihun virou a cabeça para ver o rosto dela, mas ela desviou o olhar e bebericou o champanhe, sem dizer uma palavra. Suas bochechas pareciam se contrair ligeiramente. Ele colocou o pastel de nata de lado e endireitou a postura.

– Quando vi você sentada no banco em frente ao bandejão em março do ano passado... Pensei que fosse só alguém parecido com você e segui meu caminho. Mas meu corpo já tinha começado a reagir. Senti um formigamento na nuca e, quando me dei conta, já tinha parado de andar. Olhei para trás e você estava me encarando, sem expressão. Aparecer do nada na minha frente depois de dez anos... E ainda por cima como colega de laboratório na psicologia. O que posso dizer? Isso era tão você.

Jihun recordou do dia em que reencontrou Marie, há um ano. Naquela tarde de verão em que o tempo voltou a se agitar depois de dez anos. Ele a fitou demoradamente, como se pudesse desenterrar vestígios do tempo passado. Mas nada conseguiu perguntar, não havia nada que pudesse perceber naqueles olhos. O muro estava ainda mais alto e pontiagudo.

Marie quebrou o silêncio e falou com ele como se tivessem mantido contato durante todo aquele período. Disse que estava fazendo mestrado em psicologia social nos Estados Unidos, mas veio à Coreia para ficar um ano como intercambista. Não muito tempo depois ela desapareceria novamente. Como alguém que nunca esteve lá desde o início. Como um sonho de uma noite de verão.

Os vaga-lumes zanzavam com movimentos curtos e ligeiros. O vento suave que soprava do bosque acariciava-lhes os cabelos. Jihun continuou a história como quem dá um suspiro.

— Para falar a verdade, eu sabia que hoje discutiriam *Um lugar bem longe daqui* no clube do livro. Queria que você conhecesse essa história. Quando li esse livro pela primeira vez, a primeira pessoa que me veio à mente foi você.

Marie engoliu em seco. Queria dizer alguma coisa, mas as palavras não saíam. Sentia que Jihun havia decidido algo. Ele era um homem caloroso, mas uma vez que estivesse determinado a fazer algo, se tornava um gladiador mais forte e firme do que qualquer outro. A voz de Jihun continuou.

— Isso foi antes de a gente se reencontrar. Só pensava que você devia estar vivendo em algum lugar sob o mesmo céu que eu, e como seria bom se esse livro pudesse encontrar você.

O champanhe gelado brilhava em um tom de amarelo suave, e as bolhas subiam uma a uma. Jihun deu um gole na bebida e olhou para as colinas além do pântano. Acima delas, o céu noturno se estendia purpúreo.

— Sabia que você finalmente se sentiria confortável no vasto pântano. Também sabia que você sentiria um consolo muito maior do que horas de bate-papo em um café ou bar de vinhos. E que Kya também estaria com você nas horas tristes e solitárias, quando o sol se pusesse sobre o pântano e tudo ficasse tingido de vermelho. Então eu... Eu... Você...

Quando Jihun titubeou, incapaz de terminar a frase, Marie falou, abraçando as pernas.

– Eu... sinto que encontrava você dentro das histórias.

Jihun virou-se para olhá-la. Marie pensou: *Por que é que minha voz está trêmula desse jeito?* Se perguntou se já havia sentido tanto nervosismo assim na vida. Com muita dificuldade, ela acalmou seu coração agitado e continuou, devagar.

– *O sol é para todos, Anne de Green Gables, O Pequeno Príncipe.* Lembra dos livros que lemos juntos?

Trechos dos livros vieram à mente dela. Lembrou-se da sensação dos dedos virando as páginas gastas dos livros emprestados da biblioteca. Jihun assentiu.

– Claro que lembro. Você até derramou suco de laranja n'*O Pequeno Príncipe*.

– Sim, foi na parte do planeta do Pequeno Príncipe cheio de baobás, não foi?

– Uhm, acho que foi na parte em que ele conversava com a rosa. E quando tivemos que fazer uma resenha sobre *Anne de Green Gables*? A gente combinou de dividir a leitura meio a meio e contar o enredo um para o outro, lembra?

– A Anne de Green Gables fala pra caramba, né? Não tinha como a história ser curta.

– Pois é. Quando ela começa a falar, passa de um parágrafo fácil, fácil.

Enquanto olhava para o Jihun sorridente, Marie acrescentou silenciosamente mais uma fala em seu coração.

Eu também queria contar tudo para você. Tinha tantas coisas que queria dizer...

– Lembro de ter jantado na sua casa depois de lermos *O Sol é para todos*. Era um trabalho que tínhamos que entregar antes do Natal, se não me engano – continuou

Marie, enchendo mais uma taça de champanhe. Ela se sentiu um pouco emotiva ao lembrar de si mesma há dez anos. – Jihun, eu... Quer dizer, talvez eu tenha continuado a encontrar e a viver com você. Por mais que não pudesse ver o seu rosto ou falar com você... Mesmo assim, quando relia as histórias que lemos juntos, você sempre estava lá. Me lembro do tempo, do humor, das bebidas que tomávamos, me lembro de tudo dos dias em que líamos juntos. – Marie fitou os tênis que Jihun lhe dera antes de voltar a falar. – Eu queria contar que você tem sido meu amigo nos últimos dez anos. Quero dizer, mesmo durante o tempo que não nos vimos, sabe?

Jihun repetiu as palavras de Marie em sua mente, como se estivesse rebobinando para ouvi-las mais uma vez. De novo essa história de que eles eram amigos... Ele olhou para Marie com uma expressão de incompreensão.

– Mesmo assim, poderíamos ter continuado a nos ver. Eu... fiz algo de errado?

– De jeito nenhum... Não, você sabe muito bem disso – respondeu Marie de imediato, como se estivesse desesperada. E então, suspirou antes de continuar: – Eu só... percebi que não conseguia fingir que estava tudo bem diante de você. Não podia falar da mãe adorável e do pai afetuoso que vivem na minha imaginação. Era impossível posar para você como uma mulher ingênua com fantasias sobre casamento, família e mentiras. Então, eu não conseguia mentir e me convencer de que era a pessoa que eu queria ser...

Marie era igual à rosa d'*O Pequeno Príncipe*, pensou Jihun. Aquela rosa arrogante que sempre queria parecer perfeita, e que desesperadamente desejava ser aceita como a única no mundo... E, ao mesmo tempo, aquela rosa que ansiava pelo toque do Pequeno Príncipe, que desejava ter a vida mais ordinária e despretensiosa de todas...

Ele colocou a mão sobre o ombro de Marie.

– Marie, todos nós contamos mentiras para viver. Para nos proteger de alguém, às vezes para proteger alguém de nós mesmos. E às vezes, porque só queremos escapar da realidade.

Marie olhou lentamente para Jihun. Logo percebeu que estava tremendo. Seus lábios se mexiam como se estivessem balbuciando, e sua mente ficou branca, como se leite tivesse sido derramado sobre ela.

– Jihun…

Marie sentiu que precisava dizer algo, mas não conseguia abrir a boca. As luzes verdes dos vaga-lumes piscavam sem parar.

– Na verdade, ouvi histórias sobre você de algumas fontes – falou Jihun sem tirar os olhos do rosto de Marie. – Mas de você, eu nunca ouvi uma só palavra. Então, pensei que fosse algo que você ainda não quisesse me contar. Por isso, antes de mais nada, decidi ignorar esses boatos. Decidi esperar até que você quisesse falar. Queria que você falasse quando quisesse, da maneira que quisesse. Mas parecia que você não tinha intenção alguma de dizer uma única palavra até o fim.

Jihun lembrou-se da noite abafada de verão em Leipzig que deixou seu coração pesado.

***

– Ah, é mesmo! Eu vi a Marie. Topei com ela na cafeteria da Universidade de Boston. Faz uns três meses, eu acho.

Naquela noite, Jihun sentiu o coração parar por um instante. Era o quinto verão desde que tivera notícias de Marie. Em um jantar com ex-alunos da escola internacional, quando estavam tomando cerveja e conversando sobre o que os amigos andavam fazendo, Jason, que recentemente fizera intercâmbio nos Estados Unidos, mencionou Marie casualmente.

– Sério? Como ela está?

– Ela se casou. Ah, não que ela tenha comentado. Mas vi o anel de casamento reluzindo no dedo dela. O diamante, nossa, nunca tinha visto um tão grande. Só que ela disse que precisava ir para não sei onde e que estava com pressa, então só me deu um oi e foi embora. Mal conseguimos conversar sobre como as coisas estavam.

Jason continuou falando sobre isso e aquilo relacionado à Marie.

Casou…? Jihun sentiu como se estivesse andando pela rua e, do nada, levasse um soco no estômago. Nunca sequer imaginou que Marie pudesse ter se casado. Ele deixou para trás o barulho agitado e saiu brevemente para o terraço da cervejaria.

No auge do verão, mesmo as noites em Leipzig eram escaldantes devido ao pavimento de pedra que retinha o calor do meio-dia. Mas, naquele momento, Jihun não sentia nenhum som ou calor. A imagem do rosto de Marie passou rapidamente por sua mente, como um flash. A menininha que ele viu no Museu de História Natural aos sete anos, a amiga que o encarou intensamente no seu primeiro dia na nova escola aos dez, e a Marie das noites de inverno com quem ria durante as ceias de Natal.

Após aquela noite, Jihun desistiu de continuar seu mestrado em Leipzig. Foi direto para a Coreia e se alistou no exército. Depois de ser dispensado, não voltou para a Alemanha. Não tinha nenhuma expectativa de voltar a encontrar Marie ali. Ele só precisava de um ambiente totalmente novo para viver. Um lugar onde não encontraria nenhum vestígio dela…

***

Sentada, apertando os joelhos contra o peito, Marie era como um pequeno animal encolhido.

– Hoje, eu queria ser sincero com você – falou Jihun. – Pensando bem, percebi que havia um lado meu que não era verdadeiro. Como pode ser que daqui para a frente eu só tenha duas semanas para ver você pelo resto da vida, só queria expressar meus sentimentos como eles são, sem complicações.

Embora fingisse indiferença ao falar, Marie sabia melhor do que ninguém que Jihun estava nervoso.

– Marie, eu tenho um carinho enorme por você. Queria proteger cada parte de você, com todos os seus segredos. Queria muito dizer isso antes que você desaparecesse diante dos meus olhos mais uma vez.

O baú, que ficara submerso no fundo do mar por muito tempo, emergia. O rebocador dava início ao processo de movê-lo para o contêiner. Assim, uma certa agitação tomava conta dos sentimentos.

Jihun tirou uma pequena caixa da mochila. Era do tamanho apropriado para guardar um anel. Marie estava paralisada e não conseguia dizer coisa alguma. Quando ele abriu a caixinha, lá dentro estava uma borboleta amarela empalhada, envolvida por um estojo de vidro.

– Aos sete anos, no saguão térreo do Museu de História Natural de Berlim. Lembra? Foi quando vi você pela primeira vez. Você estava nos encarando tanto, meus pais e eu, que não consegui deixar de olhar para trás. Me afastando do seu olhar, entrei na sala cheia de borboletas empalhadas, mas tudo o que eu conseguia ver eram seus olhos. A expressão vazia e solitária deles se assemelhava às encantadoras borboletas em exibição. Às vezes, quando via animais empalhados, pensava em você. Percebia você como uma criança presa em uma torre enorme e sólida. Não sei o que a aprisionou assim, ou o que a fez

sentir tanto ódio de si mesma, mas será que não é hora de deixar isso ir?
– Jihun, e-eu...
Lágrimas que enchiam os olhos dela escorreram de repente. Marie olhou para a borboleta empalhada, enterrou o rosto nas mãos e começou a soluçar. Até onde se lembrava, era a primeira vez que ela chorava alto na frente de alguém.
Jihun se aproximou devagar e a abraçou. Como se oferecesse o ombro a um amigo cansado da vida, como se amparasse alguém atravessando um momento tão turbulento quanto um terremoto. Marie havia diminuído como um passarinho cujas asas se molharam nas nuvens da alvorada depois de voar sobre o mar aberto a noite inteira. Jihun deu tapinhas nas costas dela como uma mãe acalmando seu bebê. O toque ao afagá-la continha todo o seu coração.
Marie, está tudo bem. Está tudo bem. Tudo bem...
Depois de um bom tempo, começaram a caminhar pela trilha onde os insetos e as cigarras faziam um coral. O aroma fresco do bosque transpassava a brisa noturna. Os vaga-lumes voavam em pequenos enxames, sem fazer nenhum som. Borboletas pareciam dançar na escuridão do bosque. Era como um sonho, mas também como se já tivessem estado ali antes. Jihun e Marie andavam em silêncio e, então, pararam ao mesmo tempo. Uma luz quente era visível no final da trilha.
– Jihun... – começou Marie. Os cílios encharcados de lágrimas tremiam. – Antes de mais nada, queria dizer que sinto muito. Adiei isso por dez anos. Como você deve saber, eu... sou muito cautelosa. Tenho vivido impulsionada pela satisfação de contar mentiras complexas com sucesso. Eu já não sei mais qual é a minha verdadeira identidade... Colocando em mim mesma condições que pareciam boas

aos olhos do mundo, vivi assim, sendo metade verdadeira, metade falsa.

Jihun estava prestes a responder, mas parou. Marie continuou falando.

– Mas, com você, as mentiras simplesmente não saíam. Não, na verdade, eu não queria mentir. Diante de você, eu sentia uma terrível aversão à persona que estava representando. Ao longo desses dez anos, tive várias oportunidades para entrar em contato, mas no final, não consegui. Temia que, se você soubesse a verdade sobre mim, também me abandonaria. E talvez eu não quisesse envolver você nessa minha vida, onde tudo é uma zona... Pode soar como uma justificativa falha para você, mas... – Os cílios dela continuavam trêmulos. Era claro que estava segurando as lágrimas. – Síndrome de Ripley.... Já ouviu falar? – Ela não esperava uma resposta dele. Sua fala tornou-se cada vez mais rápida. – Isso. Eu... vivi em um mundo fictício onde imaginava tudo o que queria e acreditava que era verdade, mas não sentia que estava mentindo. Achava que não havia nada de errado em dizer que eu era quem eu queria ser. Não, eu acreditava que aquela era realmente eu. Mas, dois anos atrás, houve um incidente complicado... e, no final, fui diagnosticada com a Síndrome de Ripley. No início, é claro, não queria admitir. Eu vivia acreditando que o mundo que criei realmente existia. Levei muito tempo para conseguir admitir que estava mentindo. Na verdade, ainda estou em tratamento e fazendo terapia... quer dizer... estou fazendo e...

Como se dissesse que está tudo bem, Jihun assentiu vagarosamente para Marie. Ele não perguntou mais nada, apenas segurou firme a mão trêmula dela. Cursara psicologia na esperança de entender o coração da garota, então começou a pensar se ela também não teria estudado o mesmo para entender por que sua própria mente era assim.

Jihun e Marie caminharam de mãos dadas até o fim da trilha. Lá estava a Extraordinária Cozinha dos Livros de Soyang-ri, brilhando com as luzes acesas.

* * *

– E aí, como foi? – perguntou Shiwoo a Serin, entrando com um saco de lixo da festa.

Sentada no café, Serin observava Jihun e Marie se aproximando devagar. Os dois conversavam sem parar. O vento da montanha envolvia o café com frescor, talvez porque as janelas panorâmicas estavam todas abertas.

– Ainda não sei. Eles estão voltando agora – respondeu Serin, sem tirar os olhos do casal.

Queria avaliar suas expressões, mas a distância dificultava. No entanto, a julgar pelo modo de andar, nenhum dos dois parecia empolgado nem tenso.

– Jihun é o nome dele, certo? Esse rapaz é realmente incrível, não é? – falou Shiwoo como se suspirasse.

– Eu que o diga…

Será que Namwoo tinha alguma semelhança com Jihun?, pensou Serin.

– Ele foi até Gangwon-do e Muju em Jeolla-do para conseguir os vaga-lumes… Deve ter passado por muitos perrengues – disse Shiwoo enquanto amarrava as pontas do saco de lixo e olhava fixamente para os dois que já estavam bem perto. – Será que ela sabe? Que Jihun passou mais de um mês viajando pelo país, buscando informações e pedindo ajuda para trazer os vaga-lumes só para mostrá-los a ela?

– Não sei, mas ele não parece ser do tipo que se gabaria disso. É a mesma coisa com o clube do livro. Ele até pediu para não adiar a reunião do clube de leitura noturno hoje, porque queria muito que a amiga visse aquele livro porque ele tinha uma história que precisava contar a ela esta noite.

– Será que algum dia ela vai descobrir o quanto foi amada?

Ninguém sabe para que lado a sombra da história que eles criam se inclinará, se para um final feliz ou triste. Assim como é difícil prever a direção final de um pião que, girando energicamente, perde o equilíbrio, não havia como saber agora qual seria o desfecho entre Marie e Jihun.

O calor da noite de verão amainara e a lua ainda brilhava radiante no céu. Do lado de fora da parede de vidro, os vaga-lumes voavam animados, como se estivessem dançando ao som de certa melodia.

Segunda sexta-feira de outubro, seis da manhã

Min Suhyeok, vinte anos. Até então, a vida sempre estivera a seu favor. Ou melhor, isso era o que ele pensava. Passou sua infância, até a pré-escola, em uma mansão em Yeonhui-dong.[14] O avô materno, para quem o neto era mais precioso que ouro ou jade, acompanhava sua viagem ao jardim de infância em seu sedã preto importado. O menino passou por diversos programas educacionais em uma escolinha particular renomada.

Suhyeok era sempre uma cabeça mais alto que seus amigos. Com uma boa estatura, um grande apetite e sem muitas exigências, ele acabava assumindo o lugar de líder onde quer que fosse. Se tivesse nascido na era Joseon, teria ocupado uma posição de destaque como guerreiro. Poderia parecer arrogante às vezes, devido ao seu temperamento impetuoso e sangue quente, mas, no fundo, ele só gostava de pessoas e de se misturar com elas em meio à agitação. Do Ensino Fundamental em diante, cresceu no leste de Ichon-dong. Como qualquer outro estudante, comia *topokki* com colegas do Ensino Fundamental e Médio, mergulhando enroladinhos de alga empanados no molho doce e picante e fazendo barulho ao sugar o *ramyeon*.

---

[14] Bairro residencial no distrito de Seodaemun, conhecido pelas moradias de alto padrão. Historicamente, é lar de figuras influentes, incluindo políticos, acadêmicos e artistas famosos.

Embora a vida escolar parecesse comum e rotineira, Suhyeok, ao olhar para trás, percebeu que os pais e as famílias de seus amigos eram realmente diferentes. A maioria alcançara um sucesso excepcional nos campos da política, dos negócios e das finanças. Esses pais não confiavam cegamente na educação privada. Viviam em uma atmosfera que valorizava a felicidade e as aptidões individuais mais do que o desempenho acadêmico. Não obrigavam os filhos a passarem o dia todo pegando ônibus de um cursinho para outro.

Crescendo com alegria, Suhyeok pensava que uma vida assim valia a pena ser vivida. Quando via um amigo tímido, deprimido e desanimado, não conseguia entender por que alguém viveria fazendo cara feia daquele jeito. Quando encontrava um amigo com reflexões filosóficas sobre a vida e a morte, ficava subitamente assustado com a possibilidade de ele estar pensando em suicídio e logo começava a pressioná-lo com perguntas. Namorar também era fácil. Com uma pele sem espinhas e habilidades atléticas, recebia declarações de várias garotas. Seus namoros eram uma mistura de curiosidade e entusiasmo. A vida era como um shopping colorido repleto de coisas brilhantes, onde quase tudo o que queria estava ao alcance de suas mãos.

Apesar de ter conseguido ingressar em uma universidade em Seul com notas medianas, Suhyeok sabia muito bem que seu pai não estava satisfeito. O único ser que temia na vida era o pai. O casamento dele com a mãe acontecera por amor, sendo que a família dela estava entre os maiores conglomerados empresariais. A família materna não era do tipo que impunha casamentos por conveniência – como nos *k-dramas* –, por isso consentiu o casamento, mas sob a condição de que o noivo assumisse a gestão da empresa. O pai de Suhyeok era formado em canto e técnica vocal e sonhava em se tornar um tenor. Entretanto, na Coreia dos anos 1980, ganhar a vida como cantor lírico não era fácil.

Como ele também compreendia as expectativas e desejos do sogro, naturalmente seguiu o caminho de um gestor.

E ele tinha mais jeito para empresário do que pensava. Sabia distinguir propostas de golpistas de planos de negócios com potencial. Evitava, sempre que possível, eventos que pareciam impressionantes, como reuniões de café da manhã de herdeiros *chaebol* ou seminários sobre planos de desenvolvimento econômico da Coreia do Sul, para se dedicar ao exame minucioso dos indicadores financeiros semanalmente. Os números não mentiam. As razões do lucro e as causas das perdas eram claramente identificáveis. Era resoluto em aplicar políticas de RH e, como cabeça da organização, tomava as medidas necessárias sem hesitar, mesmo que isso significasse cortar qualquer laço ou afeto como uma lâmina.

É por isso que Suhyeok tinha medo dele. O pai ria com desdém e criticava a maneira como o filho mantinha relacionamentos por amor ou amizade. Nunca tolerava situações absurdas em prol do carinho que nutria por alguém. Após mais de trinta anos ocupando o cargo de gerente, o estilo de gestão do pai naturalmente respingou na educação dos filhos. Para Suhyeok, o pai era como uma chapa de aço dura e grossa: um homem forte que, mesmo depois de levar um soco, não ficava com um arranhão sequer. Ele se preocuparia com a possibilidade de seu primogênito, que crescera em meio a tantas alegrias, não conseguir aguentar as duras e cruéis tempestades da vida. O rapaz caminhara sobre um tapete vermelho até os vinte anos, mas que escolha faria se, de repente, tivesse que trilhar um caminho selvagem infestado de ervas daninhas?

Isso não significava que o pai estivesse exigindo algo específico dele ou o repreendendo. Era só que a vida de seu pai, semelhante a uma fortaleza sólida, transmitia uma mensagem subliminar ao filho mais velho: "Você é mole.

O mundo é uma enorme tormenta; acha que vai sobreviver sendo tão mole quanto um pêssego maduro? Ponha a cabeça no lugar!".

Na maioria das vezes os encontros com o pai eram curtos e formais, mas Suhyeok achava difícil suportar a pressão desses momentos. O pai sempre parecia zangado com ele, e sentia-se colocado na categoria de seres incapazes de atender às expectativas.

A mãe, por outro lado, era como um mar sereno. Quando estava com ela, sentia que estava caminhando à beira-mar, sob raios de sol suaves e brilhantes. Podiam conversar sobre qualquer coisa. No primeiro ano da faculdade, quando disse que queria largar o curso para estudar direção musical em Nova York, a mãe o ajudou ativamente pesquisando agências de intercâmbio e foi com ele para Manhattan para encontrar uma moradia. Ela convenceu o marido, que não estava nada contente com a ideia do intercâmbio em Nova York, e sempre providenciou uma mesada generosa. Ela sorria radiante, dizendo que o sonho do pai na juventude era ser cantor de ópera, então não seria maravilhoso se o filho se tornasse um diretor de musicais? Após terminar os estudos no exterior e regressar à Coreia, o pai mandou que entrasse na empresa e aprendesse a gerir. Suhyeok não seria capaz de começar a dirigir musicais de um dia para o outro, então primeiro deveria ajudar com o trabalho na empresa. Se não fosse pela intervenção da mãe, que se opôs veementemente, talvez Suhyeok acabasse assumindo os negócios da empresa sem querer naquela época.

Foi a partir do momento em que percebeu que não tinha o talento necessário para ser diretor musical que a vida de Suhyeok, regada a ouro reluzente e o doce aroma de pêssego, começou a se despedaçar. Depois de se formar na universidade em Nova York, passou mais de um ano escrevendo roteiros, mas nunca conseguiu apresentar uma peça. Seus roteiros tinham dificuldade de expressar a dor, a tristeza e a frustração da vida. As histórias não conseguiam fluir naturalmente para gerar empatia no público.

Um amigo procurou Suhyeok, que passava por um período de inquietação, com uma proposta de investimento em um musical. Que tal investir no licenciamento de um musical famoso do exterior para trazê-lo à Coreia e dirigi-lo ele mesmo? Pensando ser uma oportunidade de mostrar resultados ao pai, decidiu vender parte das ações herdadas do avô e investiu no projeto. No entanto, no dia seguinte ao depósito do investimento, o número de telefone do amigo se tornou inexistente.

Dessa forma, Suhyeok acabou sendo forçado a trabalhar na empresa do pai. A irmã caçula já trabalhava lá há mais de cinco anos e se tornaria chefe de equipe no ano seguinte. O trabalho na empresa era enfadonho. Não era difícil e nem havia muito o que fazer (já que todos estavam ansiosos para assumir as tarefas dele), mas o tempo parecia escorrer interminavelmente como grãos de areia em uma ampulheta, e ele se sentia claustrofóbico. À noite, tinha dificuldade em pegar no sono profundo. Seu coração começava a palpitar sem motivo e o rosto ficava quente, e os sintomas só pioravam. Ainda assim, ele não queria procurar um psiquiatra ou um terapeuta porque, por algum motivo, isso feriria seu orgulho. Então, aos fins de semana, costumava ir a algum lugar ermo, como um lago ou uma praia, onde passava horas sentado, olhando para o nada, antes de voltar para casa.

Enquanto Suhyeok vivia assim, dia após dia, aguentando como podia, o golpe final chegou: a morte de sua mãe. Ela vinha lutando contra o câncer de laringe, mas, como foi detectado relativamente cedo em um exame de rotina, foi completamente curada. Contudo, durante uma tomografia computadorizada para um exame de acompanhamento, descobriram por acaso um câncer de pulmão, que já estava em estágio avançado. Embora ela não aparentasse nada de diferente do habitual, faleceu três meses após ser diagnosticada. Foi contrastante com o caso da avó materna, que partira deste mundo após oito anos sofrendo de demência. Não houve tempo nenhum para se preparar emocionalmente e se despedir com calma.

Suhyeok não conseguia se recompor. Era difícil entender o que e como exatamente tudo tinha acontecido. Não conseguia entender por que a vida o havia atirado para esse beco sem saída, nem por que a velha paz e felicidade de antes o haviam traído e abandonado. Não lhe restava força ou vontade para tentar entender onde foi que tudo começou a dar errado.

Em algum momento, Suhyeok começou a pensar na morte, sem contar a ninguém. Ele não era do tipo que bebia e depois ligava para os amigos de madrugada gritando: "Ei, hoje eu quero morrer!". Aos poucos, assim como uma banheira se enche de água, ele começou a pensar mais seriamente sobre o assunto. Era difícil encontrar um sentido para continuar vivendo. Parecia que, quando o fardo da vida se tornava cada vez mais pesado e insuportável, as pessoas deixavam este mundo, como no momento em que a água da banheira transborda.

Na segunda sexta-feira de outubro, Suhyeok faltou ao trabalho. Sentia que ninguém conseguia entendê-lo, e nem ele mesmo se compreendia. O rosto frio que via no espelho lhe parecia estranho. Saiu dirigindo às seis da manhã. O som do motor e a cabine espaçosa do carro sempre lhe trouxeram conforto. Talvez fosse porque o ronco do sedã preto do avô, em que andava quando pequeno, tornara-se uma lembrança aconchegante.

Como o sol ainda não havia nascido, o mundo dormia tranquilamente sob uma luz azulada. Ele não tinha um destino específico em mente. Na semana anterior, fora ver o mar, então pensou que seria bom ir para algum lugar montanhoso. Também considerou que, se sentisse que conseguia respirar enquanto dirigia, poderia simplesmente ir para o trabalho depois.

De repente, lembrou-se de uma foto que vira no Instagram de um amigo alguns dias antes. Também se lembrou do comentário dizendo ser uma exposição de arte e objetos com o tema de Nova York e teve um lampejo de seus vinte anos na cidade. Suhyeok fez uma pesquisa no Instagram e configurou o Museu de Arte Suhwajin, localizado a 147 quilômetros de Seul, como destino no GPS.

Durante todo o caminho, pensou no calor das ruas de Nova York em pleno verão. Lembrou-se de Silvia, que andava pelas ruas de Chelsea usando shorts curtos e segurando uma casquinha de sorvete de menta com chocolate, sorrindo radiante, e de Hyeongguk, que sempre parecia estar de mau-humor e insatisfeito, enquanto discutiam filosofia barata na frente de uma galeria no SoHo, como uma cena de filme. Suhyeok sorriu involuntariamente e percebeu que era a primeira vez que abria um sorriso sincero desde que a mãe falecera há seis meses.

O museu abria ao meio-dia, mas Suhyeok chegou pouco depois das oito... Estacionou e desceu do carro. O som dos bambus que envolviam a parte de trás do prédio, balançando ao vento, era como o barulho das ondas. Dois gatos malhados da montanha apareceram de mansinho, rondando sossegados antes de desaparecerem de vista. O tempo parecia oscilar preguiçosamente, como se estivesse prestes a parar. Uma brisa suave passou pelos seus cabelos, e o silêncio se agarrou ao seu corpo como se o recebesse de bom grado.

No bambuzal deserto, o tempo se arrastava com um semblante despreocupado. O frio da manhã de outono e calor do sol causavam uma sensação peculiar. O tempo parou, como se tivesse decidido fazer uma pausa. Tudo ao redor parecia estático. Suhyeok sentiu alegria e tristeza ao mesmo tempo. O mundo sempre fora assim, banhado pela luz ofuscante do sol e cheio de beleza? Sua tristeza era de uma natureza afetuosa. Os outonos com a mãe, que daqui para a frente só poderiam ser resgatados como memórias, se estendiam interminavelmente na linha do tempo passado.

Repentinamente, lágrimas pareciam prestes a cair. Sentiu uma pontada na parte de trás da cabeça. Neste lugar, bem longe de Seul, em meio a uma floresta de bambu onde não havia nenhum sinal de humanos, parecia aceitável derramar algumas lágrimas. Pelo menos até que a dura tristeza que pesava sob o peito se suavizasse.

Suhyeok voltou para o carro, colocou os óculos de sol e tocou a música que ouvia com frequência em Nova York. Pensou que poderia desatar a chorar a qualquer momento, mas ao sentar no banco do motorista e ouvir o som do motor, seu coração se acalmou. De repente, um café quente parecia imprescindível.

Depois de pedir a Hyeongjun que terminou de preparar o café da manhã, Shiwoo foi até os fundos do museu para alimentar os gatos de rua. Como era bem cedo, naturalmente pensou que não haveria ninguém por ali, mas viu um homem sair do carro no estacionamento e começar a andar, olhando para todos os lados.

A primeira coisa que chamou a atenção de Shiwoo foi o relógio no pulso dele. O objeto brilhava, destoando da camisa casual e calças de algodão despojadas. Dois círculos giravam como engrenagens, e pequenas pedras preciosas cercavam a borda do relógio como um muro. O rosto bronzeado e a pele lisa e macia tornavam difícil adivinhar a idade dele. Parecia ter pelo menos 1,80 de altura e tinha ombros largos, além de uma postura ereta, como quem pratica exercícios regularmente.

Ao encontrar o olhar de Shiwoo, ele pareceu desconcertado. Embora os óculos de sol azul-marinho cobrissem bem a área dos olhos, ele ainda parecia atrapalhado, como um aluno grandalhão do Ensino Médio que entrou na sala errada no início do semestre. Logo pela manhã, um homem usando grandes óculos escuros estava parado na frente do museu, diante do bambuzal, com um relógio cintilante. Só fazia uma hora desde o nascer do sol.

– Hã... Com licença, por acaso teria algum lugar aqui perto onde eu possa comer? – perguntou o homem, hesitante, enquanto tirava os óculos de sol, mantendo uma distância adequada de Shiwoo.

– Por aqui não deve ter nenhuma loja aberta agora. Todas só abrem depois das onze – respondeu Shiwoo, pensando: *Será que ele é um colecionador de arte?*

De repente, apareceu um gato malhado, ronronando e fazendo charme para Shiwoo, como se pedisse comida. Parece que não conseguiu resistir ao cheiro da ração. O gato, porém, mantinha-se à distância, lançando um olhar silencioso.

– Ah... Está bem, obrigado.

O homem virou as costas imediatamente. Mas a voz de Shiwoo o fez parar e girar de volta.

– Se não se importar com uma refeição caseira, gostaria de comer na nossa pousada? Faço parte da equipe de funcionários de lá, então colocar mais um prato na mesa não seria problema.

Quando olhou para trás, Suhyeok viu um homem com olhos afáveis e um sorriso radiante. Ele sempre viveu sob o lema de que só podia confiar em si mesmo, mas o homem que trouxe a ração para os gatos não parecia ser alguém que cometeria um assassinato ou aplicaria um golpe. Mais do que tudo, as palavras "refeição caseira" pareciam aquecer suavemente algum lugar do seu coração. Quando era criança, ao abrir a porta de casa, os cheiros de arroz recém-cozido, *jangjorim* de carne, enroladinho de ovos e ensopado de pasta de soja fluíam como uma brisa gentil. Dentro dessas lembranças, a imagem do perfil da mãe, sempre ocupada com alguma coisa, ficara gravada em sua mente como uma fotografia. Suhyeok de repente sentiu uma fome insuportável.

A seção dos funcionários da Extraordinária Cozinha dos Livros de Soyang-ri ficava no segundo andar do café literário. A refeição estava melhor do que Suhyeok esperava. O ensopado de pasta de soja com amêijoas e mexilhões tinha um leve toque de pimenta, deixando o sabor rico e, ao mesmo tempo, picante. O *ssamjang*, feito com repolho crocante e vários outros ingredientes, parecia ser preparado com o tempero *doenjang* que só se encontra no campo. A cavala grelhada, bem tostada, estava dourada e chiando, e ao lado do enroladinho de ovos com cenoura picada e brócolis estavam o *kimchi* de rabanete e o *kimchi* de nabo.

Nem Yujin, a proprietária da pousada, nem Shiwoo, o funcionário, fizeram perguntas ou demonstraram curiosidade sobre Suhyeok. No início, sequer perguntaram seu nome. Suhyeok fez uma saudação breve, sorrindo acanhado, e então sentou-se de frente para os dois, que não pareciam desconfortáveis.

A janela panorâmica atrás deles proporcionava uma vista de encostas curvilíneas. A paisagem de outono, banhada pela luz do sol, era como uma pintura vívida. Com o tempo agradável e o vento soprando, podia-se ver as folhas das árvores caindo delicadamente, uma a uma, como em câmera lenta. O cenário montanhoso tingido de vermelho harmonizava perfeitamente com os móveis brancos de madeira ali dentro.

Suhyeok parecia ter comido cerca de duas vezes mais do que o habitual. Ele devorou duas porções de arroz e limpou todos os recipientes de acompanhamentos e de ensopado.

Yujin desceu para o café, dizendo que precisava checar a lista de livros que chegariam naquele dia e preparar o programa da tarde. Shiwoo, com seu característico sorriso largo, seguiu a dona do café, sugerindo amistosamente que Suhyeok tomasse uma xícara de café no andar de baixo antes de ir embora.

– Uhm... Pode deixar que eu lavo a louça.

– Não precisa. Mais tarde vai ter mais louça para lavar mesmo. Posso fazer tudo de uma vez.

– Não, mesmo assim... Acho que me sentiria melhor se pelo menos eu lavasse a louça.

– Tudo bem, então... Como quiser.

Suhyeok colocou a música "Lost Stars", do filme *Mesmo se nada der certo*, para tocar e começou a lavar a louça. Cantarolando a melodia familiar, esfregava e enxaguava os pratos e depois os empilhava limpos, ordenadamente. Lavar louça era um de seus passatempos. Ele gostava do processo de colocar os pratos sujos de caldo de *kimchi*, as tigelas com grãos de arroz grudados e os recipientes de sopa com resíduos na água quente, lavá-los cuidadosamente e depois deixá-los secando à temperatura ambiente. Era como se as manchas e o caos em seu coração estivessem sendo organizados, um por um. Ainda lhe trazia uma sensação semelhante à de terminar uma longa caminhada, quando a mente parecia muito mais leve. Também gostava do fato de que, ao lavar a louça, não precisava pensar em nada.

Depois de terminar, Suhyeok sentou-se no sofá de tecido em frente à janela e olhou distraidamente para a paisagem do lado de fora, enquanto ouvia uma série de músicas pop recomendadas automaticamente pelo aplicativo de streaming. Não pensava em nada. No céu de outono, que parecia uma folha de papel azul-escuro, um avião passou lentamente, deixando um rastro branco.

Um vento forte soprava através da janela aberta. Quando os galhos balançavam, as folhas secas rodopiavam pelo ar como se dançassem. Era como o vento que acariciava seu rosto encharcado de suor quando ele voltava para casa após o treino para a gincana escolar do segundo semestre: não era abafado, era seco e carregava um toque de inverno, anunciando a chegada do outono. As estações estavam mudando mais uma vez. Mesmo estando à beira do precipício da vida, o tempo passava inexoravelmente. Mesmo que ele se debatesse em um charco de emoções que não queria que ninguém descobrisse, e mesmo estando em um mundo cruel onde não podia mais ver sua mãe, o outono chegava em todo seu esplendor.

Ao entrar no café literário, o teto alto chamou sua atenção de imediato, e o forte aroma de café se misturava com o cheiro dos livros. Atrás da caixa que Shiwoo estava organizando, várias outras caixas cheias de livros eram visíveis. Outros funcionários também pareciam ocupados arrumando os lançamentos e o estoque, verificando diversos produtos como cadernos e ecobags. A janela ao lado, longa na horizontal e curta na vertical, ficava abaixo do nível dos olhos, emoldurando a paisagem externa.

– É, muito obrigado mesmo pelo café da manhã. Não sei quando foi a última vez que comi tão bem assim.

Percebendo que Suhyeok se sentia muito mais leve, Yujin também exibiu um sorriso alegre.

– Temos um responsável pelo café da manhã entre os funcionários que cozinha como um chef profissional. Por causa dele, não conseguimos nem pensar em dieta! Que bom que nosso café da manhã rural agradou. Vou servir um café para você. Fique à vontade para olhar os livros enquanto isso – respondeu Yujin como uma metralhadora.

– Ah, obrigado – disse Suhyeok, com o rosto corado.

As estantes não eram abarrotadas de livros. Em vez disso, parecia que apenas os livros favoritos haviam sido selecionados e cuidadosamente organizados por tema. Na estante do meio, a que mais se destacava, alguns romances com o tema "Histórias de cura de outubro" estavam dispostos lado a lado. À esquerda, havia ensaios e antologias poéticas, e à direita, livros infantis com cores quentes. Em frente à estante central, havia uma pequena lousa verde com uma frase do livro *Anne de Green Gables*:

> "Oh, Marilla! Estou tão contente por viver em um mundo onde existem outubros. Seria terrível se simplesmente pulássemos de setembro para novembro, não seria? Olhe para esses ramos de bordo. Não te causam arrepio?... Vários arrepios? Vou decorar meu quarto com eles".

Suhyeok lembrou-se de sua irmã, uma grande fã de Anne. A irmã, dois anos mais nova, era otimista e franca em expressar suas emoções. Depois de exibir em fila os DVDs da animação *Anne de Green Gables*[15] no quarto como se fossem tesouros, ela se preocupava quase todo dia em limpá-los para evitar que qualquer poeira se acumulasse. Quando estava no início do Ensino Fundamental, vivia discutindo com a mãe porque queria assistir à série animada que ia ao ar pela manhã, e quase sempre se atrasava para a escola.

A música tema da animação também lhe veio à mente. Como se a melodia fosse uma chave que destrancasse

---

[15] Refere-se a *Akage no Na*, série de animação japonesa baseada no clássico da literatura *Anne de Green Gables*, com mais de cinquenta episódios, estreada em 1979.

memórias, ele se lembrou de uma tarde de fim de semana, como um sonho vívido. A irmãzinha assistia ao DVD com uma postura reverente. A mãe estava sentada no sofá com ela, tomando goles de café de uma caneca cheia, concentrada na tela. Com frequência, as duas ficavam de olhos arregalados e logo caíam na gargalhada.

Trouxe à memória a imagem da irmã com quem esbarrou na empresa alguns dias atrás. À primeira vista, ela não parecia muito diferente da irmã do passado, mas Suhyeok pôde perceber que ela estava mais magra e que o brilho em seus olhos desaparecera. *Seria bom conversar com ela enquanto tomamos um vinho*, pensou. Mas desde que a mãe faleceu, ele nunca mais entrou em contato com ela.

Suhyeok olhou fixamente para a capa de *Anne de Green Gables*. Pela primeira vez, começou a pensar em quão desamparada, sozinha e triste sua irmã deveria estar se sentindo nos últimos tempos. Ele se perguntou o que diria à irmãzinha, se fosse Anne.

Pegou o livro encadernado em capa dura e, enquanto virava as páginas, uma fala de Anne saltou-lhe aos olhos.

"Quando saí da Queen's, meu futuro
parecia se estender diante de mim como uma
estrada reta. Eu pensava que poderia enxergar
muitos marcos históricos ao longo dela. Só que,
agora, existe uma curva nessa estrada. Não sei o
que está por vir, mas vou acreditar que seja o que há de
melhor. Essa curva tem um fascínio próprio, Marilla.
E eu me pergunto como vai ser a estrada depois dela...
o que existe por lá, em tons verdes gloriosos,
luz e sombra suaves... que novas paisagens...
que novas belezas... que outras curvas,
colinas e vales estão mais adiante..."

Segurando o exemplar como estava, Suhyeok começou a olhar outros livros. Uma livraria era um lugar que ele não visitava há muito tempo. Ao lado de *Anne de Green Gables*, havia recomendações de livros que valia a pena ler junto. Alguns livros estavam alinhados ao lado de uma nota escrita à mão:

Que tal um passeio leve e agradável pelas páginas?
#MaisEngraçadoDoQueParece
#RevigoranteEnergizanteGratificante
#SóBomHumor #EnsaioDeCura #AutoresCoreanos
#PerfeitoParaDesocuparAMente
Reflexões gentis, Kim Honbi
A arte de relaxar, Kim Hana
Ho Ho Ho, Yoon Ga-eun
O sabor do kkwabaegi, Choi Minseok
O charme do kkwabaegi, Choi Minseok
Não importa, né?, Chang Kiha

Também estava escrito que, na compra de três ou mais livros, a embalagem para presente era gratuita. Após folhear alguns, escolheu primeiro *Ho Ho Ho*, de Yoon Gaeun. Na capa, a ilustração de uma garota deitada lendo quadrinhos lembrava sua irmã, e o subtítulo "Sobre as coisas que me fizeram rir" também o atraiu. Em seguida, Suhyeok escolheu *O sabor do kkwabaegi*, de Choi Minseok. Só de ler o índice, soltou algumas risadinhas. Com os três livros, incluindo *Anne de Green Gables*, em mãos, ele voltou para Yujin no balcão.

– A livraria é impressionante. Tem como embrulhar isso?
– Ah, claro. É para presente?
– É para minha irmã. Ela adorava *Anne de Green Gables*.

— Depois que se conhece a Anne, é impossível não gostar dela! — Yujin riu enquanto recebia os livros de Suhyeok e começava a embrulhar tudo habilmente com mãos ágeis.

— E sobre o custo da refeição... — começou ele, olhando para os dedos de Yujin.

— Não, imagina. De manhã, preparamos a refeição para os hóspedes da pousada literária e também comemos — interrompeu ela, com naturalidade, enquanto sorria. — Colocar mais um prato não foi nada. Nós que agradecemos por você ter lavado a louça.

Como se tivesse se esquecido por um momento, Yujin colocou um copo de café para viagem na frente dele. O aroma tostado e intenso do café se espalhou entre os dois.

— Tome um café enquanto embrulho isso. Acabei de preparar e esqueci de servir. Esses dias ando assim.

Suhyeok sorriu de volta para Yujin enquanto segurava o copo quente com as duas mãos.

— Estava mesmo querendo tomar um café. Obrigado.

Yujin terminou de embalar tudo e, pegando um cartão ao lado, entregou-o junto a Suhyeok.

— Só entregar o livro à sua irmã vai parecer meio impessoal, não acha? E se você escrevesse algumas palavras?

O cartão-postal tinha a ilustração de um homem vestindo uma camiseta com a frase "Gostaria de ir a um piquenique comigo?" escrita em inglês nela. Suhyeok deu uma risada ao vê-lo.

— Uhm, se eu a chamar para um piquenique, ela vai me tratar como se eu fosse um alienígena.

Após rir alto, Yujin colocou o cartão na mão de Suhyeok, sustentando o sorriso.

— Você disse que veio de Seul até aqui de manhã cedinho para ver as pinturas. Agora vai para o museu, não vai? Posso pedir um favor?

Como se estivesse disposto a qualquer coisa, ele esticou os braços para baixo e abriu um sorriso largo. Seu sorriso transparecia a atmosfera despreocupada que alguém criado com muito amor emana naturalmente. A expressão que ele tinha quando veio para o café da manhã, de alguém que parecia estar sendo perseguido, desaparecera. Yujin pegou uma caixa de papelão ao lado, contendo seis ou sete livros.

– Você poderia entregar isto ao curador do Museu de Arte Suhwajin, Kim Woojin? Esses livros e panfletos chegaram esta manhã e eu estava prestes a levá-los, mas já que você está indo para lá...

– Sem problemas! – Suhyeok sorriu levemente enquanto recebia o pacote.

Na caixa, estava escrito SR. KIM WOOJIN em uma caligrafia legível, tão limpa e bem estruturada quanto aquele lugar. Com a caixa nos braços, Suhyeok hesitou por um momento, mas então, como se tivesse tomado uma decisão, começou a falar.

– Sabe... dei uma olhada no perfil de vocês no Instagram agora há pouco. Vi que hoje vão ter uma programação de colheita de caquis e castanhas. Se estiver precisando de mais pessoal para ajudar, será que eu poderia dar uma mão? Como você disse que não ia cobrar pela refeição, pensei que poderia ajudar de alguma forma.

Parecendo pega de surpresa, Yujin parou por um momento, e então, com um olhar travesso, examinou Suhyeok de cima a baixo. Em seguida, sorriu de leve.

– Mas você já colheu caquis e castanhas antes? Essas roupas... Você pode acabar tendo que jogá-las fora...

Só então Suhyeok olhou para as roupas que vestia. Era o conjunto que ele costumava usar quando ia para o trabalho: uma camisa casual e calças de algodão bege. Embora fosse uma camisa confortável de usar, não tinha uma mancha sequer, e as calças estavam impecáveis, passadas no ferro a vapor, sem um único vinco, como de costume. Obviamente, não era a roupa apropriada para ficar sacudindo castanhas na montanha. Os dois soltaram uma risada com um pequeno intervalo de tempo entre eles.

O Museu de Arte Suhwajin era menor do que ele pensava e mais novo do que esperava. A estrutura arquitetônica em si era única; dificilmente se encontravam espaços retangulares padronizados. Apesar de não ser enorme, fora projetado para ser uma espécie de labirinto para as pessoas andarem e se perderem, o que não deixava espaço para o tédio.

O tema desta exposição era "Nova York". Ficava evidente como Nova York era pintada na mente do colecionador: uma cidade livre, mas extremamente solitária, onde até as pessoas em situação de rua sonham, mas a realidade é terrivelmente implacável. Um lugar aberto a todos, mas de onde a maioria sai frustrada ou simplesmente sobrevive. A Nova York representada pelo colecionador era esse tipo de lugar. Fotos em preto e branco das ruas da cidade nos anos 1950, com vapor subindo, cadeiras hexagonais feitas de material rígido em cores primárias, uma pintura com vista do telhado do Metropolitan, uma fotografia de uma garota vestindo uma camiseta "I Love New York", além de obras emprestadas do Museu de Arte Moderna de Nova York, o MoMA, estavam expostas em fila.

Suhyeok encontrou Kim Woojin. O curador, vestindo uma camiseta folgada e jeans desbotados, o reconheceu assim que o viu e sorriu discretamente. Era um sorriso único e elegante que combinava bem com o museu.

— Recebi uma ligação do Shiwoo. Você veio ao museu antes das nove da manhã?

— Ah, eu meio que... acabei vindo, sim. Aqui estão os livros.

Suhyeok entregou os livros ao curador. A caixa continha cerca de sete livros, além de alguns papéis que pareciam ser folhetos. Kim Woojin cuidadosamente retirou um folheto e parecia estar verificando a qualidade da impressão, examinando o design e, ao mesmo tempo, procurando por erros de digitação.

– Obrigado. Eu ia buscar isso hoje – disse o curador, que tinha uma aparência impecável como a de um funcionário de hotel, além de um tom de voz tranquilo.

Suhyeok inclinou ligeiramente a cabeça de maneira respeitosa e depois virou as costas.

Sexta-feira, uma hora da tarde. Para Suhyeok, estar em um museu no meio das montanhas, onde o som do bambuzal era como o som das ondas quebrando, no horário em que o expediente da tarde começaria, era como um sonho. Parecia que ele havia entrado em um mundo onde o conceito de estações, datas e dias da semana foram extintos. Pensando bem, ele poderia tirar um dia de folga e ir para as montanhas ou para o mar sempre que quisesse. No entanto, ele não pensou nisso nenhuma vez no último ano. Será que estava tão ocupado lutando para aguentar dia após dia que não conseguia pensar em mais nada?

Quando estava prestes a voltar para Cozinha dos Livros, hesitou por um momento. E então, voltou ao curador que estava verificando os livros que Suhyeok trouxera e perguntou:

– Com licença, tem alguma loja por aqui onde eu possa comprar uma sobremesa?

Trinta pequenas caixas de waffles enchiam a Extraordinária Cozinha dos Livros de Soyang-ri com um aroma doce. Os waffles, do tamanho de um bife grosso, estavam cobertos com xarope de bordo, e a canela polvilhada sobre o chantili combinava perfeitamente com a textura crocante.

Um menino de cinco ou seis anos correu em disparada para uma caixa, gritando de empolgação, assim que entrou no café com a mãe. Yujin riu ao olhar para as caixas.

– Uau, o que é tudo isso?

– O pagamento do café da manhã – disse Suhyeok com um sorriso largo, mas, na verdade, ele estava surpreso consigo mesmo.

Estava agindo de maneira tão diferente dos últimos meses. Vivia sem expressão, escondendo as emoções e dizendo apenas o necessário, mas aqui, parecia que a vida acromática estava ganhando cor novamente. Talvez fosse porque se lembrou dele mesmo, no começo dos vinte anos, sentindo-se livre, perdido e com o coração palpitando sem motivo em Nova York. Logo teria que voltar à realidade, mas pensava que, pelo menos agora, como estava em viagem, não faria mal agir como outra pessoa.

– Achei que seria uma boa ideia dar um para cada participante do programa de colheita hoje, e eu também vou comer alguns. Se vamos arregaçar as mangas à tarde, precisamos estar com a energia total.

– Esse é o meu waffle favorito! Tem o de baunilha também?

Justo quando Yujin começou a abrir uma caixa, Shiwoo apareceu.

– Uhm, cheiro de waffle!

Shiwoo soltou uma série de exclamações e rapidamente colocou três caixas de waffles embaixo do balcão. Então, estendeu uma camiseta preta surrada e uma calça multicolorida, semelhante às calças folgadas de trabalho para Suhyeok.

– *Hyeong*, você precisa vestir o uniforme de trabalho.

Suhyeok pegou a roupa soltando um risinho. Sentiu-se como um ator trocando de roupa no camarim antes de entrar no palco. Calças folgadas...! Pensou que as pessoas da empresa poderiam ficar ainda mais chocadas ao ver a camiseta amarrotada. Mas o principal era que mal conseguia se lembrar da última vez que fora chamado de *"hyeong"*, uma forma carinhosa que homens mais novos usavam para se referir a homens mais velhos. Uma sensação agradável passou por sua mente como um vento de outono.

    Ser membro da equipe de colheita de castanhas não era nada fácil. Sacudir as árvores era apenas o começo. Ao pisar nas cascas com espinhos afiados e descascar as castanhas firmes, que não foram comidas por insetos, ser espetado era inevitável. Também cabia ao pessoal garantir que as crianças do Ensino Fundamental, correndo entusiasmadas, não caíssem e se machucassem ao pisar nas castanhas, ou tivessem suas roupas perfuradas pelos espinhos. A colina onde as castanheiras foram plantadas era bastante íngreme, e como havia a possibilidade de aparecerem cobras, não podiam baixar a guarda.

    Francamente, não havia nada de romântico ou relaxante naquilo. Suhyeok ficou em pé das duas da tarde até o pôr do sol, às seis, sem ter um momento de descanso durante essas quatro horas. Após encerrar o programa e garantir que nenhum cliente ficara para trás, Suhyeok foi o último a descer da montanha. Só então ele percebeu que passara as últimas quatro horas sem mexer no celular. O celular não tocou, mas, na verdade, nem pensou em olhá-lo.

    A montanha tingida pelo pôr do sol era um espetáculo. O dia estava lentamente mergulhando no crepúsculo, como se estivesse se despedindo em silêncio no céu sem nuvens. Dobrando-se ao vento, os ramos do pé de umê pareciam acenar. Debaixo do telhado da pousada literária, estavam pendurados vários caquis colhidos hoje.

    Shiwoo estava sentado tranquilamente em uma das mesas do café. Parecia que tinha feito amizade com as crianças da família hospedada na pousada literária, pois estava entretido fazendo dobraduras de papel enquanto assistia a vídeos no YouTube. Pessoas escolhendo livros examinavam cada exemplar meticulosamente, como se apreciassem uma exposição de arte. Do jardim, a Cozinha dos Livros parecia uma pacífica aldeia de contos de fadas.

— Essas calças de trabalho caem bem em você. Parece até que mora aqui há anos.

Yujin apareceu de repente e se colocou ao lado de Suhyeok. Ele, que estava do lado de fora do café, observando distraidamente as pessoas, deu de ombros e sorriu sem jeito, fazendo Yujin sorrir também. Ela então se juntou a ele na observação silenciosa do café literário.

— Obrigada por hoje. Na verdade, estávamos sem pessoal suficiente e sem saber o que fazer, então eu estava só torcendo para que conseguíssemos nos virar de alguma forma – falou Yujin. Ela esperou um pouco para ver o que Suhyeok diria, mas ele não falou nada, então ela continuou: – Embalei alguns caquis maduros e castanhas. Indo para Seul você pode…

— Eu… queria ficar aqui até o fim da semana. Tem algum alojamento disponível? – perguntou Suhyeok, cortando abruptamente as palavras de Yujin.

Ele se surpreendeu consigo mesmo mais uma vez, deixando escapar palavras que não estavam nos seus planos. Suhyeok, que era muito afeito à própria rotina, jamais saía para viajar sem sua espuma de barbear, sabonete facial, tônico ou a loção que usava no dia a dia. Não trouxe cosméticos, muito menos roupa de baixo, e agora queria passar a noite fora? Apesar dos pensamentos racionais gritando dentro de sua cabeça, as próximas palavras saíram de sua boca como uma enxurrada.

— Se todos os alojamentos estiverem reservados, não me importaria de dormir na sala de estar ou em qualquer outro lugar nas instalações da pousada.

Após cuspir essas palavras, Suhyeok mordeu os lábios como alguém que acabou de engolir um remédio amargo. Seu olhar ainda estava fixo na paisagem pitoresca do café literário ao anoitecer. As encostas da montanha, iluminadas pelo brilho avermelhado do sol poente, eram belas e comoventes de um jeito doloroso.

– Ah...

Yujin fitou o perfil de Suhyeok e percebeu que ele não estava pedindo um favor a ela. O olhar desesperado do futuro hóspede já dizia tudo, Suhyeok estava passando por um período instável na vida e parecia exausto como um pássaro que voou a noite toda sem encontrar um lugar para descansar.

Às vezes, é preciso ter uma caverna onde possamos nos esconder, longe dos olhares de todos, mesmo que só por um momento. Ela falou, esperando que seu tom soasse o mais despreocupado possível:

– Todos os alojamentos estão reservados. Quando foi que você notou que o sofá da sala era confortável? Se ali estiver bom para você... Mas sabe que no segundo andar não tem cortinas, certo? De manhã, o sol vai acordar você.

Em vez de agradecer, Suhyeok esboçou um sorriso e soltou um longo suspiro. Apesar das esparsas nuvens escuras no céu, o ar era tão transparente e claro que o dia não parecia sombrio. A luz do crepúsculo desvanecia sobre o majestoso cume, que lentamente era envolto pela escuridão. Em pouco tempo, a aura fria do outono começou a se espalhar pela terra.

– Sofá do segundo andar, *hyeong*? Durma no meu quarto!

De bom grado, Shiwoo aceitou Suhyeok como colega de quarto pelos próximos dois dias.

Na hora do jantar, os três se sentaram juntos e os primos riam enquanto compartilhavam pequenas memórias da infância: a viela onde Shiwoo, ainda nas fraldas, cantava e dançava na chuva; o poema vergonhoso que Yujin escrevera após ser rejeitada por sua paixonite da quinta série; os verões brincando nas ondas de Haeundae e fazendo os amigos engolirem água salgada; o maldito dia dos resultados do vestibular que parecia o fim do mundo. Desajeitados, incompletos e caóticos, mas ao olhar para trás, eram tempos preciosos e nostálgicos, momentos da vida que pareciam cheios de significado. Suhyeok raramente contava suas histórias, mas Yujin e Shiwoo não ligavam. Eles já esperavam por isso, e não era o que realmente importava.

Depois de comerem até não poderem mais, os três saíram para o terraço no segundo andar. O guarda-sol e as cadeiras, dispostos em um canto, brilhavam à luz da lua. Colocaram um *cooktop* de indução portátil de uma boca em cima da mesa redonda de madeira e começaram a ferver as castanhas que lavaram no andar de baixo. Quem diria que o *cooktop* portátil seria tão útil assim? Não havia pressa alguma. Abriam um vinho após o outro, e Yujin misturava a bebida com café. Shiwoo, do time da cerveja, já estava na sua segunda lata sozinho.

No céu, a lua nova brilhava nitidamente. O dia de sábado ensolarado saiu de cena, dando lugar à noite que refletia corações vacilantes. O vento soprava como um gato andando sem rumo.

— Já teve esse tipo de pensamento enquanto dirigia? — começou Suhyeok como se estivesse falando sozinho.

Yujin, que brincava com algumas castanhas quentes na mão, levantou a cabeça. Shiwoo já estava cochilando.

— Você está dirigindo por uma estrada costeira com vista para o mar esmeralda. O tempo está claro e não há uma nuvem no céu. Uma música de fundo como "Viva la

Vida", do Coldplay, seria perfeita. Desde que seja um ritmo que faça seu coração bater mais rápido, qualquer uma serve. Então você corre suavemente pela estrada, ao som da canção. Bem lá no alto, gansos brancos voam à distância. Você entra numa curva e aí, um grande caminhão de carga vem em sua direção a toda velocidade. E então, bam! Tudo fica escuro.

 A panela sobre o *cooktop* emitia um som rítmico, como se fosse um ronronar. O ar gélido ondulava no terraço mergulhado na escuridão, como se nadasse. Suhyeok não esperava uma resposta de Yujin. Ela também sabia que ele ainda tinha algo a dizer.

 – Na noite em que fui ao hospital onde um amigo estava internado, imaginei-o dirigindo pela estrada à beira-mar. Disseram que ele estava na rodovia, de madrugada, quando teve um ataque de pânico e acabou batendo o carro na grade de proteção. Ele não teve nenhum ferimento grave, apenas quebrou o braço e algumas costelas... E ele não quis ver ninguém que foi visitá-lo. Não sei por que, mas quando penso nele, me vem à mente a cena dele dirigindo pela costa.

 Yujin sabia que a história sobre o tal amigo era, na verdade, sobre ele mesmo. Não tinha dúvidas, podia ver nos olhos dele. Nas pupilas de Suhyeok, estava gravada sua própria imagem correndo ao longo da costa, como a cena de um sonho.

 Ela bebeu o restante do vinho em uma golada só. Os grilos do outono cricrilavam em intervalos regulares, como um batimento cardíaco.

 – Nessas horas, nada melhor que um romance do Douglas Kennedy.

 Era uma noite em que o silêncio imperava. Até os insetos, já exaustos, emitiam sons fracos, como o barulho de um trem ao longe. Suhyeok, com o olhar distante, como se estivesse contemplando algo além das montanhas cor de azeviche, virou a cabeça lentamente em resposta às palavras de Yujin.

– Quem é Douglas Kennedy?

– Um romancista, dã?! Eu disse "romance", não disse?

Suhyeok riu entredentes. O tempo, que parecia um lago tranquilo, sofreu uma pequena ondulação que logo desapareceu. Shiwoo havia pegado no sono sentado na poltrona fofa. Não fazia nem uma hora desde que afirmara com confiança que tomar cinco latas de cerveja sozinho era como beber água. Yujin puxou o cobertor até os ombros dele e voltou a se sentar.

– A história nos romances de Douglas Kennedy sempre segue o mesmo fluxo. A princípio, o protagonista é alguém socialmente bem-sucedido, mas, por dentro, se sente vazio. Então, por um motivo bem simples, abandona tudo e parte sem rumo. Vai para uma cidadezinha do interior, muda de nome, de aparência e profissão, e passa a viver como uma pessoa completamente diferente. – Ela prendeu a respiração por um momento, verificando se Suhyeok estava escutando. Embora ele estivesse sentado imóvel, Yujin sentiu que ele prestava atenção à história que ela contava. – A ideia de ir para um lugar onde ninguém me conhece, me esconder e viver uma segunda vida de maneira perfeita me pareceu muito atraente – falou esboçando um leve sorriso, mas Suhyeok não reagiu. Apenas o vento soprou. Era um vento parecido com um suspiro, fino e longo. – Desde então, sempre que me sentia deprimida ou com raiva, pegava um livro que pudesse me absorver por completo. Algo como um romance policial com detetives e tudo o mais ou uma história de fantasia. Assim que você mergulha no mundo da ficção, esquece a dor da realidade, como se tivesse tomado um analgésico. E não é só isso. Quando estou imersa no mundo dos livros, sinto como se de repente os personagens me dissessem:

"Acontece muita coisa absurda na vida, não é? Você não esperava que fosse nesse nível, certo?".

O olhar de Suhyeok enquanto ouvia a história de Yujin parecia solitário como uma flor de lótus que desabrocha sozinha ao amanhecer e desaparece em silêncio na lagoa. Ele, que até então apenas escutava em silêncio, enfim abriu a boca para falar:

– Nunca, na minha vida, tinha ouvido falar de livros como analgésicos.

E então ele sorriu. Quando o sorriso se espalhou pelo rosto antes inexpressivo e sem cor de Suhyeok, a imagem de um garotinho travesso e enérgico parecia sobrepô-lo. Esse sorriso também deixava transparecer a pessoa calorosa e alegre que ele costumava ser.

– Hum... No meu caso, tenho uma música que ouço quando estou deprimido ou com raiva – murmurou ele. Seus olhos brilharam por um momento, como se uma melodia tivesse surgido em sua mente. – "Waltz for Debby". É um jazz que minha mãe adorava. Antigamente, quando ela ia assar torta de maçã, sempre colocava a versão do Bill Evans em LP para tocar. A música preenchia o tempo todo, enquanto preparava a massa, colocava no forno e esperava a torta ficar pronta.

Ao se lembrar da melodia, Suhyeok sentiu o cheiro de torta de maçã carregado pela brisa. Sua mãe cantarolando aquela melodia em frente ao forno, e a noite lá fora, iluminada pelo luar, inundou suas memórias. Ele queria dizer algo mais, mas parou, como se achasse difícil expressar. No entanto, Yujin sentiu-se de alguma forma aliviada. Ela percebeu que, depois de vagar por um caminho escuro e lamacento, Suhyeok finalmente começara a olhar para o céu noturno.

– Ah, você tem uma música especial assim? Vamos ouvir.

Yujin procurou a música no aplicativo a colocou para tocar. A canção que saía do celular combinava estranhamente bem com o som distante das corujas. No céu, a lua cheia estava obscurecida pelas nuvens, e, vez ou outra, a luz das estrelas piscava entre elas e desaparecia.

A luz do sol refletindo serenamente fez com que ele abrisse os olhos. Suhyeok ficou confuso por um momento, sem saber se aquilo ainda era um sonho ou se era realidade. Não era o espaço familiar onde costumava dormir e acordar, e o silêncio ao redor, como se estivesse equipado com dispositivos antirruído, também parecia estranho. Pegou o celular e, como de costume, conferiu as horas. 11h12. Fazia muito tempo que não dormia até tão tarde.

De forma distraída, Suhyeok percorreu com os olhos o quarto de Shiwoo, onde o sol entrava. Um pôster da cantora Diane chamava a atenção de imediato, e polaroides estavam penduradas na parede em uma espécie de varal. A maioria eram fotos da paisagem da Extraordinária Cozinha dos Livros de Soyang-ri. No chão, estavam espalhados alguns agasalhos e algumas meias, além de duas grandes caixas de papelão empilhadas. Shiwoo, é claro, não estava à vista. Lembrou-se dele ter mencionado que precisava levantar às seis da manhã para preparar o café dos hóspedes. Deitado na mesma posição em que adormecera, Suhyeok apenas piscava enquanto pensava.

Não seria nada mau viver assim.

Sua mente estava tão fresca quanto o ar de um parque ao amanhecer.

O café literário estava encerrando a sessão matinal do Estúdio de Escrita. Suhyeok chegou ao café-livraria com a barba por fazer, pois havia se esquecido de se barbear. Yujin, que estava organizando algo em seu notebook no estúdio, ao notar sua presença, ergueu ligeiramente o braço para cumprimentá-lo e então apontou com o dedo para Shiwoo, no balcão externo, indicando que ele fosse até lá.

– Hyeong! Dormiu bem? Deixei separado parte do bufê de café da manhã dos hóspedes. Vou levar até a mesa no quintal para você comer – falou Shiwoo, se aproximando, após terminar de arrumar os livros no café.

Curiosamente, fazia menos de 48 horas que conhecera essas pessoas, mas sentia-se mais próximo delas do que daquelas com quem trabalhava há mais de um ano. Shiwoo colocou sobre a mesa externa uma maçã, um croissant e um pote de iogurte coberto com nozes e morangos. Apesar do sol intenso do outono, os ramos do pé de umê criavam uma sombra agradável sobre a mesa, mantendo-a fresca. O vento também carregava o aroma de café que emanava do anexo. Suhyeok olhou inconscientemente para a montanha onde colhera castanhas no dia anterior. Nesse momento, Yujin apareceu com um bule de café coado.

– Você dorme bastante, Tio das Castanhas. Pensei que acordaria, no máximo, às dez.

Agora, implicar um com o outro já era algo natural.

– Acho que estou tentando economizar um pouco na alimentação com um brunch – retrucou ele com um sorriso sarcástico.

Yujin riu alto enquanto servia café na caneca. O aroma rico se misturava com o cheiro da grama. As nuvens negras que pairavam no céu até tarde da noite pareciam ter se dissipado, não restando uma sequer no céu azul.

– Não tem nenhum bom trajeto para um passeio de carro aqui? – perguntou Suhyeok a Yujin, tomando um gole do café.

– Aqui embaixo tem a estrada de metasequoias – respondeu Yujin, após pensar por um instante. – É só virar à direita na interseção a um quilômetro daqui. Ouvi dizer que esse lugar ficou bem popular recentemente. Era um acesso tortuoso que os moradores usavam antigamente, mas, sete anos atrás, abriram uma estrada linear na vila ao lado, e essa rota ficou abandonada. Só que desde o ano passado, essa estrada isolada das metasequoias começou a ser usada como local de gravações de comerciais de carros e ficou mais conhecida depois que apareceu no encerramento de um drama famoso da TV. A estrada sinuosa também tem seu charme, embora possa deixar o motorista um pouco tonto.

Não é como uma rodovia à beira-mar que você pode correr a duzentos quilômetros por hora, acrescentou mentalmente. Yujin lançou uma olhadela para o rosto de Suhyeok enquanto ele usava o celular. *Não vai aparecer nenhum caminhão de carga ou algo do tipo. A menos que esteja esperando isso, é um trajeto bem agradável para um passeio de carro.*

Como se tivesse ouvido os pensamentos de Yujin, Suhyeok levantou a cabeça, tirando os olhos do celular, e deu um sorriso descontraído.

Mesmo sem pisar fundo no acelerador, Suhyeok estava adorando dirigir pela estrada nacional. Com várias colinas ao longo do caminho, era como andar em uma versão infantil do barco viking. Quando subia as suaves colinas, ali estavam as grandiosas metasequoias, em silêncio, com sua folhagem de outono. Quando descia, sentia a tensão sendo drenada de seu corpo.

Lembrou-se da vez em que foi à casa do avô materno, em Yeonhui-dong, para um almoço de sábado e depois correu com a mãe até um supermercado próximo. Como era comum nas vielas ali, a ladeira sinuosa fazia curvas contínuas como ondas, e o caminho da casa do avô ao supermercado era uma descida. Naquele dia também era outono. A luz dourada do sol era tão ofuscante que fazia os olhos arderem, e o céu, sem uma única nuvem, parecia até sem graça. Correndo ladeira abaixo, suas pernas se moviam muito mais rápido do que o normal. Era como se o vento o empurrasse por trás. Suhyeok começou a acelerar como um corredor de revezamento, gritando entusiasmado.

A mãe também correu junto. Apesar da advertência para tomar cuidado, não havia dúvida de que ela tivera a mesma sensação da ladeira puxando suas pernas e o vento empurrando suas costas. Era a mesma emoção de tomar sorvete sob o sol de outono. No vento que soprava enquanto corria, havia o cheiro dela.

Suhyeok parou o carro no acostamento por um tempo e ficou observando as costas da mãe, do pai e da criança correndo pela colina até que desaparecessem de vista.

Ele voltou do passeio de carro cerca de duas horas depois. O rosto que entrou na Cozinha dos Livros parecia muito mais relaxado. Ao ver Yujin e Shiwoo o recebendo de maneira familiar e natural, Suhyeok percebeu que fizera amigos.

Em algum momento, Suhyeok passara a viver sempre alerta em relação aos outros, sentindo que não podia confiar em ninguém. Especialmente nos últimos cinco anos, sua vida parecia uma arena onde ele tinha que lutar para "não ser enganado feito um idiota". Por trás de olhos exibindo sorrisos amigáveis, havia intenções friamente calculadas.

Mas na Extraordinária Cozinha dos Livros de Soyang-ri, era seguro relaxar. Este era o lugar onde lhe ofereceram uma refeição caseira acolhedora sem pensar duas vezes. Um lugar onde podia conversar e gargalhar livremente, sem ter que dar satisfações sobre quem ele era. Um lugar onde ele compartilhava a música de jazz favorita da mãe.

Sentado em um canto do café, Suhyeok abriu o livro que Yujin lhe dera de presente há pouco. Era um livro de ensaios intitulado *Fazer a barba à noite*,[16] de Haruki Murakami. Em um post-it colado estava escrito: "Isso não significa que você precisa se barbear! rs".

Ele inclinou a cabeça, sem entender o que aquilo queria dizer. Coçou o queixo sem pensar e só então percebeu que havia esquecido de se barbear naquela manhã, o que o fez rir consigo mesmo. Enquanto lia o ensaio despreocupado, o sol de sábado se punha lá fora.

***

Madrugada de domingo. Yujin, Suhyeok e Shiwoo ficaram sentados em um banco à margem do lago Chongjin até o sol nascer e a névoa desaparecer como fumaça. Os três estavam em silêncio. Suhyeok estava se despedindo da Extraordinária Cozinha dos Livros, de Yujin e Shiwoo à sua maneira. E eles, como se o entendessem, apenas assentiam, olhando para o lago. Foi uma manhã de adeus. Um até logo com moderação.

Era hora de voltar à rotina. O tempo na pousada foi certamente caloroso e confortável, como se um raio de sol cintilante e um respiro suave tivessem entrado em palco depois de tanto tempo. Contudo, a vida de Suhyeok não mudou de forma dramática. Os dias de usar camisetas amassadas e deixar de fazer a barba estavam chegando ao fim.

***

Rumo a Seul, Suhyeok lembrou-se da neblina que se erguia sobre o lago. A imagem do sol matinal refletindo na

---

[16] "저녁 무렵에 면도하기" é o título de um dos ensaios da coletânea *Murakami Radio* (2001), publicada na Coreia do Sul em 2013 em três volumes pela editora Viche (비채), sendo escolhido como título do primeiro livro da série.

água pairava em sua mente. Ao mesmo tempo, o ronco do motor dos carros na autoestrada ressoava alto. Viu uma SUV grande mudar de faixa com a seta ligada e ultrapassá-lo. O velocímetro marcava mais de 110 km/h, e o GPS indicava que chegaria em casa em 52 minutos. Ocasionalmente, a tela do sistema de navegação piscava em vermelho, anunciando a presença de radares de velocidade algumas centenas de metros à frente.

A longa rodovia reta parecia uma divisória entre um momento de conforto e descanso e o ritmo cotidiano. Suhyeok imaginou-se entrando em sua casa vazia e almoçando sozinho. O silêncio frio preencheria completamente o espaço onde tudo estava milimetricamente organizado. Mas a convicção de que seria diferente de antes fez com que um sorriso discreto surgisse em seus lábios.

Primeira neve, saudades e histórias

No notebook, Yujin abriu a pasta "CozinhaDosLivros_Fotos". Haveria uma reunião de equipe amanhã, e ela queria pré-selecionar algumas fotos que pudessem ser usadas no calendário de mesa do estabelecimento.

    A luz do sol da primavera entrava abundantemente pelas paredes de vidro impecavelmente limpas da sala de estar da pousada. Diversas fotos do céu noturno, que pareciam de outro universo, chamavam a atenção. Rosas de maio, numa mistura de vermelho-escuro e rosa-claro, erguiam-se orgulhosas entre a folhagem verde-escura das trepadeiras. Foram capturados momentos de seriedade dos participantes do Estúdio, e também a imagem do pessoal se dedicando à tarefa de escrever frases para recomendar livros. Em seguida, vieram imagens de um magnífico pôr do sol vermelho por trás das montanhas no final do outono, um casal de namorados olhando os livros de mãos dadas e uma mesa de café da manhã posta com sopa de rabanete, *bulgogui* e enroladinho de ovos.

    Nas fotografias, a temperatura, a umidade, os cheiros, as músicas ouvidas, os sentimentos e os pensamentos daquele dia estavam fixos no tempo. Por isso, as fotos pareciam solitárias. Porque, assim como um ser que nunca envelhece, elas seriam as únicas a permanecerem intactas depois de todas as circunstâncias terem mudado. Mas não era uma solidão triste e sombria, era algo que fazia você olhar para trás com ternura, sabendo que toda história tem um fim.

Entre as fotos, havia também arquivos de vídeo. Via-se uma noite de verão iluminada por constelações de dezenas de vaga-lumes flutuando pelo jardim. Era como mostrar a grandiosidade e a beleza do universo em *time-lapse*. No vale ao amanhecer, a névoa esbranquiçada aparecia e desaparecia repetidamente. As gravações incluíam as vozes de convidados lendo trechos durante as reuniões do clube do livro e a Sra. Min, a dona da floricultura local, conversando com Hyeongjun enquanto colocava vasos no pátio.

Os olhos de Yujin, que sorriam assistindo aos vídeos, de repente pararam. Era Suhyeok. Na cena, duas criancinhas que participavam do programa de colheita de castanhas, com botas de borracha resistentes, riam e se divertiam enquanto pisavam nas cascas. Ao lado delas estava Suhyeok, usando as calças largas de Shiwoo e sorrindo enquanto olhava as crianças. Quando uma delas quase caiu, ele rapidamente a segurou. Yujin se lembrou da história da música que ele contara.

Depois que voltou para Seul, Suhyeok nunca mais entrou em contato. Embora não tivessem trocado números de telefone, se ele quisesse, poderia tê-la contatado facilmente através do perfil da Extraordinária Cozinha dos Livros nas redes sociais. Yujin não estava magoada; em vez disso, estava preocupada se ele estava bem. Lembrando-se do olhar de Suhyeok, que parecia estar em risco por algum motivo, ela voltou o vídeo várias vezes.

Percebendo o silêncio ao seu redor, Yujin ergueu a cabeça de repente. O mundo inteiro parecia prender a respiração em um silêncio absoluto. E, do lado de fora da janela, uma neve fina caía, como delicadas pétalas esvoaçantes. Era a primeira neve do ano. Ao menor sopro do vento, os flocos de neve subiam de volta ao céu e dançavam no ar antes de pousar. A neve se acumulava em uma camada tão fina que até os passos mais leves deixariam pegadas escuras. Mesmo o canto estridente dos pássaros e os sons dos grilos foram abafados, deixando apenas o silêncio tranquilo.

Yujin abriu a janela por completo. O mundo coberto pela primeira neve do ano parecia estar envolto em um sobretudo leve, amenizando o frio. Havia um farfalhar semelhante ao som de uma vassoura macia roçando o chão. Então esse era o som da neve caindo, sussurrante?

A canção de Natal do Eddie Higgins Trio ecoava no café literário. Era a mesma música que ela ouvira naquela noite de verão, durante a chuva torrencial, com Sohee e Hyeogjun.

Será que todos estão bem...?

Ela recordou os rostos das pessoas que passaram pela Extraordinária Cozinha dos Livros de Soyang-ri. Alguns estavam nitidamente gravados em sua mente, como retratos pintados com precisão, enquanto outros estavam armazenados em sua memória por detalhes como o movimento dos lábios ao tagarelarem, os fiapos no suéter por cima dos jeans, a imagem dos cabelos castanhos ondulando ao vento ou pelo som de suas risadas.

Às vezes, pensou Yujin, *há momentos em que podemos nos sustentar pela saudade. Às vezes, nos apoiamos nas suaves emoções evocadas pela saudade.* Às vezes, ela imaginava que a saudade descia sobre a outra pessoa como flocos de neve, fazendo com que ela também, de repente, se lembrasse dela. Na realidade, cada um estava em um lugar diferente, cuidando de seus próprios assuntos, mas sempre se encontrariam nos corações saudosos. Talvez sejam essas saudades acumuladas que tecem o fio de uma história...

Olhando pela janela, imersa em pensamentos, Yujin levantou-se de súbito. Um rosto com uma expressão incômoda estava entrando na Cozinha dos Livros, com as bochechas ligeiramente enrijecidas e deixando pegadas com seu sapato preto na neve branca.

– Não imaginei que você fosse mesmo abrir uma livraria – disse ele, tentando criar um clima mais leve, mas falhou.

Yujin tentou parecer confortável e sorriu, mas seus lábios se contorceram de um jeito estranho. Na mesa ao lado, cinco mulheres na casa dos quarenta, que pareciam estar em um reencontro de ex-alunos, riam e conversavam entusiasmadas. A barulheira contrastava com o silêncio da mesa de Yujin, tornando-o ainda mais estranho e incômodo.

– É mesmo?

Diante do tom estranho de Yujin, o *seonbae* pigarreou e deu um gole no chá com leite. Então, ele olhou em volta como se estivesse observando o café literário. Seus olhos estreitos e longos lhe davam uma aparência ainda mais fria.

– Você ignorou minhas mensagens?

– Não foi isso, é que… eu só não tinha nada para falar.

Ele suspirou, recostando os ombros largos na cadeira de madeira. O assento emitiu um leve rangido.

– Eu disse para nos encontrarmos depois que eu resolvesse as coisas na empresa. Passei o recado para o Sanghyeok, mas desde então você não atendeu o telefone… – disse ele.

Novamente, o silêncio prevaleceu. Um silêncio sufocante. Yujin se lembrou da noite em que estava sozinha em um canto da sala de conferências vazia, engolindo as lágrimas depois de apagar as luzes. Ali, na escuridão, ela quase conseguia ver a vinheta de fim de desenho animado, "isso é tudo, pessoal", no silêncio esmagador que parecia afundá-la no chão.

Aquele foi o dia em que Yujin teve uma tremenda briga com o *seonbae* sobre a proposta de uma companhia interessada em assumir a empresa. Foi quando, após três anos de trabalho árduo, tudo começava finalmente a decolar. Eles também haviam conseguido atrair investimentos de capital de risco, o que significava que poderiam dirigir a empresa sem se preocupar com dinheiro por um ano. Por acreditar ser a hora de tentar algo grande e explorar novas oportunidades, Yujin considerava a ideia de vender a empresa uma coisa sem pé nem cabeça. Mas seu *seonbae* era uma pessoa pragmática. Ele sabia que poucas startups sobreviviam por mais de três anos e julgava que aceitar uma oferta decente seria benéfico tanto para a empresa quanto para suas carreiras.

– Acho que agora é um bom momento para vender a empresa e considerar a criação de outra startup. As condições até que são boas. Se quisermos, podemos entrar na empresa como executivos e, como parte do acordo de aquisição, vão nos dar uma boa quantidade de ações da empresa.

– O quê? Acabamos de conseguir investimento. Qual é o sentido de vender para outra empresa e recomeçar tudo do zero?

– Vamos encarar a realidade. Você acha que vai ter outra pessoa disposta a pagar tanto pela nossa empresa? Já é um milagre termos sobrevivido esse tempo todo. Pode ser que a empresa só comece a dar lucro daqui a dez anos, ou que feche nos próximos três anos. Então...

– Então vamos vender logo enquanto dá dinheiro e fim de papo?

Os olhos do *seonbae* adquiriram um brilho frio, cortante como vidro. Yujin não desviou o olhar e continuou a encará-los.

– Por que você não vai embora? Vá atrás do capital de risco ou para essa empresa e viva se vangloriando do título de ex-CEO de uma startup. Eu vou ficar aqui – continuou ela.

— Yujin...

— *Seonbae*, isso é muito injusto. Você me trouxe para cá só para mostrar que a empresa tinha alguém com experiência em consultoria? Você usou meu currículo para isso? – gritou Yujin, com as veias do pescoço saltando.

— Dá para você deixar eu terminar de falar?

— Você termina de falar e aí? Qual é o desfecho? Você ficar feliz porque tudo acaba conforme o seu roteiro? Vai você sozinho. Vá e tenha uma boa vida seguindo esse seu plano todo elaborado. Só não tente me obrigar a ser uma pessoa como você.

A conversa se repetia interminavelmente, como uma fita de Möbius. A intensidade aumentava, causando feridas cada vez mais profundas. No final, quem se cansou e desistiu primeiro foi ele. A empresa não foi vendida na época, mas, olhando para trás, o julgamento do *seonbae* estava correto. Foi um julgamento frio, mas preciso. Ele acabou prosperando, enquanto a startup de Yujin ficou à deriva.

No fim, só conseguiram liquidar a empresa depois que passaram o único ativo que possuíam, a patente, para outra companhia em termos razoáveis e receberem ações da adquirente como resultado da fusão. O *seonbae* tentou entrar em contato com Yujin por meio de outros veteranos e ex-colegas, mas ela não respondeu. Após dar entrada no processo de encerramento da empresa, Yujin mal saiu do quarto por dois meses. Foi uma época em que queria se esconder. Considerara seriamente a ideia de ir para um lugar como o Alasca ou a América do Sul e viver com o celular desligado.

* * *

Antenado como sempre, Shiwoo se aproximou discretamente, colocou alguns cookies de chocolate sobre a mesa, fez um cumprimento rápido e desapareceu atrás do balcão. A mesa ao lado ainda era uma animada festa de fofoca.

– Você é mesmo a pessoa mais madura, *seonbae*. Por vir aqui me procurar primeiro – falou Yujin, finalmente.

Ela encarou o veterano. Em comparação ao *seonbae* que vira pela última vez, três anos atrás, ele parecia ter envelhecido de repente. Embora estivesse com seus trinta e poucos anos, fios de cabelo branco apareciam aqui e ali, e linhas de expressão se formavam ao redor dos olhos fundos. Vestido um terno cinza-escuro de padrão xadrez e sapatos sociais, parecia que estava mesmo mais velho.

– Sabe, eu... enquanto vinha para cá, fiquei pensando se não era tarde demais. Quando soube que você abriu uma livraria, achei que era bem a sua cara. Lembra quando falamos das primeiras ideias para nossa startup? Você sempre se interessou por serviços de curadoria de conteúdo. Até sugeriu criar uma loja no metaverso que recomendasse músicas, livros e filmes de acordo com o gosto das pessoas. Lembro que você sempre se interessou por histórias.

Ela buscou as memórias das noites de verão em que discutiam ideias de negócios em um café ao ar livre, bebendo cerveja. Foi antes de Yujin se juntar à startup, então, depois de ela terminar seu turno no trabalho regular, eles se encontravam tarde da noite no café em frente à casa dela, mas não conseguiam terminar a conversa até o amanhecer. Naquela época, os dois estavam empolgados para embarcar em uma nova empreitada e cheios de coragem para enfrentar qualquer desafio que estivesse por vir. Embora todos dissessem que 99% das startups fracassam, ela tinha a mais plena certeza de que, com seu *seonbae*, poderiam estar entre o 1% que tem sucesso.

– Você também tinha muitas ideias. Mas sabe, a garrafa de cerveja e o combo de petiscos que dividíamos no café perto do meu apartamento são mais memoráveis do que as inúmeras ideias que discutíamos.

Um sorriso suave surgiu no rosto sério do *seonbae*.

– Me pergunto se não foi porque eu sempre comia batata frita com queijo, à meia-noite, que acabei desenvolvendo refluxo.

– Se for considerar isso, o mérito não seria todo da cerveja? Lembra da gente empilhando as tampinhas como se fosse Jenga?

Os dois sorriram um para o outro. Logo faria catorze anos desde que se conheceram como veterano e caloura na faculdade de administração. De certa forma, depois dos vinte, ele provavelmente conhecia Yujin melhor do que os próprios pais, ninguém mais os conhecia tão bem.

Ele era uma pessoa que, quando se dedicava a algo, era tão intenso que chegava a parecer teimoso. Quando se interessou por snowboard, praticava até ficar com hematomas pelo corpo inteiro. Ao se preparar para o exame de contador, mantinha o telefone desligado o tempo todo, ligando-o só dez minutos por dia para tratar do essencial. E, na redação de contratos, revisava as cláusulas com tanto rigor que irritava os advogados.

Agora, esse mesmo *seonbae* tinha o semblante velho, sentado sozinho na praia, relembrando os bons tempos de sua juventude. Nos três anos em que não se viram, um longo tempo havia corrido entre suas vivências. Nos intervalos desse período de distanciamento, ressoava um eco vazio.

– Você se lembra? Antes, estávamos pensando em chamar a empresa de "Primeira Neve". Acabamos desistindo porque já havia uma empresa usando esse nome. Quando vi a neve caindo, no caminho para cá, me lembrei do dia em que estávamos escolhendo o nome.

O *seonbae* colocou um cookie com pedaços de chocolate branco na boca e desviou o olhar para a janela.

A primeira neve, que começou quase imperceptível, agora se transformara em flocos pesados e caía como uma forte chuva. Olhando para aquele perfil familiar, Yujin recordou os inúmeros momentos cotidianos que passaram juntos: ele pedindo *jajangmyeon* para dividirem, ouvindo suas histórias sobre estar cansada da vida de consultora, adormecendo no sofá após reuniões que se estendiam até o amanhecer no escritório da startup...

Todo mundo tem um momento como a primeira neve, pensou Yujin. Tem horas em que a rotina tumultuada se aquieta de repente e as mudanças começam a acontecer imperceptivelmente. Há contornos da vida que só se revelam depois que os dias caóticos, marcados por falhas e rupturas, são cobertos por uma fina camada de neve. Até mesmo as pontas afiadas de um abeto se transformam em árvores arredondadas e brancas sob um cobertor de flocos de neve. Só então, tempos dolorosos que antes não se compreendiam se tornam paisagens significativas. Yujin pensou que talvez fosse preciso passar por esses momentos para ganhar a coragem de descer uma encosta branca com um snowboard.

Shiwoo e Serin circulavam pelas mesas acendendo velas. Eram apenas cinco da tarde, mas uma leve escuridão já havia caído. As pequenas luzes sobre as mesas, junto da neve branca lá fora, acolhiam a Cozinha dos Livros de Soyang-ri.

– Na verdade, tinha algo que queria falar para você – começou Yujin, sem conseguir olhar nos olhos dele.

O *seonbae* franziu levemente as sobrancelhas enquanto olhava para ela e suas bochechas se enrijeceram um pouco. Yujin lembrou-se de como as orelhas dele ficavam vermelhas sempre que estava nervoso.

– Desde que vim para cá, muitas vezes pensei nos tempos da startup. Nisso, percebi que durante todo o período da empresa, eu vivia em estado de burnout, mas naquela época eu nem sabia disso. – Yujin fez uma pausa, curiosa para ver a expressão do *seonbae*, mas ele apenas a olhava de forma contida. Observando a pequena chama tremeluzente, ela continuou. – Na startup, eu chegava a trabalhar oitenta horas por semana. Não queria ficar atrás da concorrência e buscava ser reconhecida como uma líder competente que conduzia projetos como ninguém, então me desgastava sem perceber que estava extrapolando. Escondia minhas emoções o máximo possível e dava tudo de mim para impulsionar cada projeto. Achava que isso era ser profissional.

Naquela época, Yujin mergulhava de cabeça no mar do trabalho. Queria ser uma brava exploradora com uma visão ampla, percorrendo o universo. Seu estado emocional estava corroído como um campo de batalha em ruínas, mas cuidar dos sentimentos sempre ficava em segundo plano. O sucesso era a prioridade máxima. Ela se obrigava a deixar de lado as emoções e se concentrar apenas em seus objetivos, se lançando a correr com toda força.

– Olhando para trás, no tempo em que a gente brigava sem parar, acho que eu não estava bem. Me exaltava por qualquer coisa, gritando sem nem saber se a situação realmente justificava tanta raiva. No dia em que conseguimos atrair investidores, voltei para casa, me sentei na sala e senti um enorme vazio. Mesmo tendo alcançado algo pelo qual me doei, não senti nenhuma emoção. Meu coração era como uma caixa vazia. – Ao se lembrar daquela noite em que ficou sentada no sofá escuro da sala vazia por um longo tempo, sua voz estremeceu.

– Yujin...

– Então, eu queria dizer que sinto muito. Por ter dito que tudo era culpa sua, que você era egoísta, que era materialista. Naquela época, eu estava emocionalmente exausta e mentalmente esgotada, e não conseguia me comunicar de forma adequada – terminou Yujin em um suspiro.

O aroma da vela se misturava com o cheiro de papel dos livros.

– Eu também não fui muito diferente – disse ele em um tom calmo.

Yujin levantou os olhos e o encarou. Ele sorriu com gentileza.

– Estávamos realmente obcecados pelo trabalho. A gente só falava disso e até se gabava de que nosso hobby era trabalhar. Agíamos como se fossemos inteligentes, mas nem percebemos estar sofrendo de burnout. Eu também sinto muito. Como seu *seonbae*, deveria ter cuidado de você, mas também estava tentando não morrer afogado – disse ele mirando no fundo dos olhos de Yujin.

Ela viu em seu *seonbae* a imagem de antes de trabalharem juntos na startup, ou seja, a imagem dele na época da faculdade. O *seonbae* que conhecera no clube de empreendedorismo da universidade era uma pessoa divertida. Não era alguém que todos achavam engraçado, mas eles tinham uma boa química. Enquanto conversava com ele, Yujin percebeu de novo o quanto seu *seonbae* a fazia rir.

– O real motivo de ter vindo aqui, é que tenho algo para dizer. – O *seonbae* sorriu com um olhar afável ao ver Yujin, com os olhos cheios de tensão, endireitando a postura. – Na empresa onde estou agora, estamos montando uma biblioteca interna e procurando alguém para fazer a curadoria dos livros. Como é uma empresa de TI, seria bom ter livros com histórias desafiadoras e criativas, além de livros que ofereçam encorajamento e conforto, já que a carga de trabalho é pesada. Quanto mais penso nisso, mais acho que esse projeto é perfeito para você. Não estou pedindo uma resposta agora, só quero que pense um pouco e depois me avise.

O *seonbae* sacou um cartão de visita do bolso e colocou-o sobre a mesa. Nele, estava escrito o cargo: DIRETOR DE PLANEJAMENTO ESTRATÉGICO. Yujin pegou o cartão e sorriu.

– Uau, diretor, hein? *Seonbae*, não tenho nem o que pensar. Se é você quem pede, é claro que eu aceito. Ah, mas quanto vão me pagar? É para ser uma vez só ou vão mudar os temas e os livros periodicamente? Já decidi o primeiro tema: criatividade e burnout.

Eles riram em voz alta.

– Quando o assunto é iniciativa, ninguém melhor que Jeong Yujin. Então, você está dentro? Vamos nos encontrar no escritório em Seul no mês que vem, assim você aproveita para conhecer o pessoal da equipe. Ah, é mesmo! Também queria que você ajudasse a escolher o nome da biblioteca corporativa.

Yujin assentiu e anotou algumas coisas em seu bloco de notas no celular. O *seonbae* olhou para ela por um momento e perguntou:

– Mas por que você escolheu o nome Extraordinária Cozinha dos Livros de Soyang-ri? Tudo bem, Soyang-ri é o nome do lugar, mas por que "Extraordinária Cozinha dos Livros"? No começo, pensei que fosse um restaurante.

– Muitos clientes perguntaram isso. Alguns até pensaram que era um lugar que oferecia aulas de culinária. E teve gente que em vez de "cozinha" leu "coxinha" e ligou para pedir comida.

Ele deu um tapa no joelho e riu alto.

– Coxinha dos Livros. Gruda na língua, né?

– Ah, *seonbae*, fala sério!

Yujin também riu enquanto olhava em volta.

A encosta coberta de neve de Soyang-ri, vista pela janela horizontal, parecia uma pintura em nanquim.

– É literalmente isso, uma cozinha de livros. Dei esse nome na esperança de que fosse um lugar que preenchesse os cantos vazios do coração, como a comida. Descobri que, assim como eu no passado, há muitas pessoas vivendo sem perceber que chegaram ao burnout, sem prestar atenção ao próprio coração. Queria que histórias deliciosas se espalhassem e que as pessoas com almas famintas encontrassem nelas um alimento para preencher seus corações. Também pensei que seria maravilhoso se alguém pudesse escrever aqui, olhando para dentro de si.

– Entendi. A Extraordinária Cozinha dos Livros... Então é por isso que é um café de livros e uma pousada literária – disse ele, balançando a cabeça como se estivesse ouvindo uma canção.

O som de talheres tilintando na outra mesa se propagava como música de fundo. Lá fora, uma escuridão que lembrava um café forte se instalara, e a chama das velas brilhava mais nítida e clara do que antes. Mesmo sem as velas, a noite nevada estava bastante clara.

– Yujin... você parece bem. – No rosto do *seonbae*, agora relaxado, havia uma expressão de alívio. – É sério. Parece que... você ficou mais forte. Também parece mais à vontade. Acho que você se tornou mais você mesma.

Yujin se despediu do *seonbae* e voltou para o caixa. Quando olhou pela janela, viu pegadas na neve branca. Agora que havia uma quantidade considerável de neve acumulada, em vez de marcas escuras, restavam apenas pegadas brancas. Ao lado dos grandes sapatos do *seonbae*, permaneciam os tênis de Yujin claramente impressas.

De pé junto à janela, ela pegou novamente o cartão de visita do *seonbae*. Um pequeno e rígido retângulo de papel cobria uma lacuna de três anos. Os dias em que corria de um lado para o outro segurando um cartão de visita estampado com o logotipo da startup pareciam tão distante quanto dias atrás.

Devido à quantidade de neve, o café literário estava pouco movimentado. Então, ouviu-se a porta ser escancarada, e alguns flocos de neve entraram junto com o vento frio.

– *Nuna*, você sabia que a Diane ia lançar um álbum hoje?

Shiwoo se aproximou de Yujin fazendo estardalhaço.

– Claro. Você vem me lembrando disso três vezes por dia durante a última semana.

– Então você deveria ter se lembrado que Diane estaria no programa de rádio ao vivo a partir das sete! Ah, não, agora são 19h11! Eu até coloquei um alarme, mas esqueci. Que vacilo! – disparou Shiwoo, como uma metralhadora, e se afundou ao lado de Yujin.

Quando abriu o aplicativo de rádio on-line no celular, apareceram os rostos de Diane e da apresentadora do programa. A voz aguda da apresentadora soava como um chilrear:

– Hoje é o primeiro dia de dezembro e, tão esperado quanto a primeira neve do ano, tivemos um presente musical emocionante. É ela, a rainha das paradas, Diane, que voltou com seu primeiro álbum completo em quatro anos!

– Olá, pessoal. Aqui é a Diane. Fazia tempo que não nos encontrávamos através da música. Estou feliz por estar de volta!

Uma música começa a tocar.

– Uau, o clima no estúdio até esquentou agora. Nem os membros da equipe, nem o produtor conseguem parar de sorrir. Vocês acabaram de ouvir a faixa-título do álbum, "The Things We Love About Winter". Uma música adorável e animada que só poderia ser da Diane. Você poderia começar nos apresentando a música?

— Claro, esta faixa-título reflete os anos que vivi como cantora e compositora. Escrevi essa música com memórias cintilantes e calorosas que encontrei em tempos frios e difíceis, lembrando das pessoas que foram como um farol seguro para mim, me dando força.

— A transmissão começou às sete, mas o álbum foi lançado às seis, certo? Acabei de verificar e sua faixa-título já está em primeiro lugar em várias paradas musicais. Não poderia ser diferente, afinal, é a Diane. Parabéns!

— Como hoje caiu a primeira neve, acho que muitas pessoas estão ouvindo com ainda mais vontade. Agradeço a todos que mostraram interesse e, em especial, quero expressar minha gratidão aos membros da equipe e ao produtor que trabalharam duro comigo neste álbum.

— Estou curiosa para saber qual é a sua música favorita do novo álbum. Se tiver uma, pode nos contar?

— A música pela qual tenho um carinho maior é a faixa instrumental chamada "Grandma and Night Sky", a última do álbum. Minha avó, que faleceu há uns quatro anos, era uma pessoa muito especial para mim. Fiz essa música como se estivesse escrevendo uma carta para ela.

— Não é a primeira vez que você lança um instrumental autoral? Sem mais delongas, vamos ouvi-la.

A peça instrumental começou com um solo de piano suave, como uma brisa leve. Dava a sensação de uma caminhada por uma trilha. Logo, o som do piano ficou um pouco mais rápido e forte, como ondas se aproximando da costa. Em seguida, um som de violoncelo se misturou ao piano de maneira delicada e profunda, como que em resposta às ondas. Era como estrelas surgindo no céu noturno, uma a uma. Então, o violino se juntou a eles, trazendo mais energia para o refrão. No final, o violoncelo tocava sozinho a melodia inicial, encerrando a música. Era a mesma sensação do vento de outono em Soyang-ri, pensou Yujin.

Não havia técnicas elaboradas ou uma melodia intensa na música. Também não era uma interpretação exagerada, inebriada pelos sentimentos. Capturava exatamente a emoção de olhar o céu noturno estrelado com a avó. Era uma composição clara e despretensiosa, como uma carta escrita à mão, com todo o coração.

Yujin refletiu sobre as palavras de Dain naquela noite.

> – Às vezes eu sonhava com a casa dela, sempre com o brilho caloroso de sol. Minha vó vestida com um *hanbok* elegante, sorrindo discretamente, sem dizer nada. Então eu sentia o cheiro da floresta de castanheiras que visitava quando criança, e de repente estava num mundo tingido de violeta avermelhado, como o crepúsculo.

O pé de umê da Cozinha dos Livros parecia inclinar os ouvidos para escutar o sereno som do piano e a neve se acumulava pouco a pouco em seus galhos finos. A noite avançava devagar e a neve acumulada congelava em uma camada fina, como o gelo do *bingsu*.

Era uma noite de inverno com a primeira neve, mas não havia uma atmosfera fria em lugar algum. Será que era o calor das pessoas que passaram por aquele lugar ao longo do tempo? Ou quem sabe fosse a coragem de quem enfrentou a estrada nevada das montanhas? Talvez fosse porque o piano ecoava na escuridão, parecendo um afago reconfortante. Olhando para a neve que descansava nos ramos do umê, Yujin sentiu como se as estrelas que ela e Dain contemplaram tivessem descido ali por um momento.

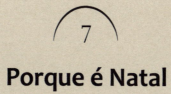

Porque é Natal

Serin sabia que Jihun estava lá há mais de uma hora. Ele entrou no café por volta das três da tarde. Por ser véspera de Natal, o lugar estava movimentado o dia todo. No meio dessa agitação, Jihun entrou silenciosamente e pediu um café americano quente. Ela o cumprimentou calorosamente, mas havia um vazio no olhar dele.

Com o café nas mãos, Jihun saiu e foi para a mesa de piquenique no jardim dos fundos, onde permaneceu imóvel. Parecia um animalzinho encolhido em um túnel escuro, com a expressão de quem perdeu o rumo. O vento cortante de inverno penetrava pelo colarinho, mas ele nem tocou no café. De repente, flocos de neve começaram a cair.

– Serin, aquele cliente... é o cara dos vaga-lumes, não é? O último romântico – comentou Shiwoo, aproximando-se dela de supetão.

Ela, que estava olhando fixamente para as costas de Jihun, suspirou e assentiu.

– No dia do casamento ao ar livre, eles entraram no café, ficaram juntos por um bom tempo e depois se despediram em silêncio. Por mais curiosa que estivesse, não pude perguntar qual foi o desfecho... – respondeu.

– Se ele é seu conhecido, por que não vai lá e pergunta agora?

– Ei, isso só é possível para alguém como você. Eu não consigo ser assim, tão direta.

Enquanto organizava o chocolate para cookies e os ingredientes do bolo de limão, Shiwoo acenou com a cabeça como se estivesse imitando Serin.

Jihun não se mexia, como alguém que tivesse esquecido o dom da fala, como alguém que deseja esquecer suas memórias. Os flocos que caiam esparsamente logo se misturaram com a chuva lamacenta, transformando-se em pelotas de neve. À medida que escurecia, a chuva com neve poderia se transformar em gelo sólido e, eventualmente, em neve pesada.

Ele lembrou-se das palavras de Marie naquela noite em que os vaga-lumes borboleteavam em grupos do lado de fora da janela.

"Jihun, sabe qual era a melhor coisa quando eu estava com você? Não precisar fazer esforço e mentir. Quando estava com você, falar sobre as notas das provas não era importante, você nunca perguntava se eu tinha lembranças da minha mãe, e eu não precisava falar sobre as bolsas ou os sapatos novos que comprei. Você simplesmente... era alguém que me deixava ser eu mesma. Durante o tempo que passamos juntos, eu era uma criança com muitos segredos, mas não era uma criança má. Mas depois que nos separamos, sinto que fui me destruindo aos poucos..."

Jihun sabia o que Marie estava tentando dizer naquela hora. Também achava que entendia por que ela queria falar sobre isso. Embora o rosto de Marie parecesse mais relaxado, o dele estava petrificado, como uma estátua.

"No começo, eram mentirinhas. Então, quando percebi, estava inventando tudo – minha educação, minha carreira, minha família, simplesmente tudo. Na realidade, o pior não era inventar, mas o fato de que comecei a acreditar que aquilo era a verdade. Então, quando um homem abastado me pediu em casamento, eu disse 'sim' sem hesitar. Parecia uma oportunidade de subir mais um degrau na vida, me apoiando no histórico familiar do meu marido. Agora, ele me processou e estamos em uma disputa judicial. Já vai fazer um ano, e parece que essa briga está longe de acabar. Mas, quando vim para a Coreia, senti que finalmente podia respirar. Talvez porque nasci aqui ou sei lá..."

Marie não contou a Jihun que veio para a Coreia para vê-lo. Também não disse que embarcou no avião com o pensamento de que, se pudesse vê-lo mais uma vez antes de morrer, poderia descansar em paz. Ela nem mencionou que agora encontrara coragem para viver até se tornar uma vovozinha.

"Jihun, vou aceitar essa borboleta empalhada como um presente. E... gostaria que você se lembrasse de mim como um velho diário que você abre de vez em quando."

"Marie, eu..."

Ela o interrompeu em tom resoluto.

"Sou suficiente como uma lembrança do seu passado. Não posso ser o seu presente ou futuro".

Naquele momento, a neve começou a se acumular no pé de umê atrás da mesa onde Jihun estava. Ele olhava além do quintal, como se esperasse que alguém fosse sair do bosque. Serin seguiu seu olhar. Era a trilha. A imagem das costas dele parecia a cena final de um filme triste. Dentro do café, tocavam doces e emocionantes cantigas natalinas, mas não estava nada animado.

Serin hesitou, perguntando-se se deveria falar com Jihun, que estava imóvel diante do café completamente frio. Ela se lembrou de Marie, que havia voltado à Cozinha dos Livros no final do verão. Seus olhos logo se voltaram automaticamente para o fundo da gaveta sob o balcão.

***

Marie foi à Cozinha dos Livros sozinha cerca de dez dias após o fim do evento dos vaga-lumes. Já estava perto das seis horas, quando o café fechava, mas o calor infernal persistia. Era um fim de tarde em que não seria de todo estranho se, de repente, uma chuva de verão caísse sob as nuvens cinzentas que pairavam baixas, próximas ao pé da montanha.

Quando Marie entrou, abrindo a porta com cautela, Serin a reconheceu de imediato. Se Shiwoo estivesse lá, ele teria se aproximado e perguntado como ela estava com a maior naturalidade. No entanto, o máximo que Serin conseguiu fazer foi esconder sua expressão de surpresa. Marie parecia mais magra do que da última vez. Serin salvou o arquivo no qual estava trabalhando, um folheto para a divulgação de um livro, e levantou-se.

— Oh, bom te ver! Você é amiga do Jihun, certo? — cumprimentou Serin com um sorriso brilhante.

— Ah, você se lembra de mim! Como tem passado? — retribuiu Marie, tímida, curvando levemente a cabeça. Mesmo vestindo apenas uma camiseta branca e jeans, ela estava graciosa e elegante. — É... Por acaso, vocês ainda fazem aquele evento da Caixa de Correio do Futuro aqui? — A voz dela denotava um esforço para falar após reunir coragem.

Marie se referia ao evento que ocorrera em abril, que consistia em escolher um livro junto com uma carta para si mesmo, para serem entregues na véspera de Natal. Como a resposta foi positiva, muitas pessoas faziam perguntas a respeito dele.

— Ah, oficialmente não estamos mais fazendo isso. Mas, para uma amiga do Jihun, podemos fazer de forma extraoficial! — respondeu Serin com um sorriso.

Marie sorriu de volta. Serin achou que o sorriso amplo de Marie se assemelhava ao de uma funcionária de balcão de informações de uma loja de departamentos. Dizer que poderia fazer a Caixa de Correio do Futuro funcionar de forma não oficial era algo que acabara de inventar. Ela percebeu que Marie queria pedir algum favor. Estava claro que a garota queria deixar algo para Jihun. Como fã de carteirinha de dramas românticos, Serin percebeu intuitivamente que se tornara uma coadjuvante na história de amor dos personagens. Suprimindo sua excitação, ela assentiu várias vezes para Marie.

– É isso aqui... – Marie tirou um livro de sua ecobag.

Envolta em papel de presente translúcido, a capa do livro era visível. O título estava escrito em uma fonte leve, e uma borboleta de um amarelo vívido estendia suas asas. Era um livro infantil chamado *Borboleta*, de Kaori Ekuni. Na superfície do embrulho, estava escrito "Para meu querido amigo Jihun".

– Você poderia enviá-lo para chegar no dia 31 de julho do ano que vem? Esse é o aniversário do Jihun. Nesse período... Acho que não estarei na Coreia... Por favor, coloque como remetente a Extraordinária Cozinha dos Livros de Soyang-ri.

Marie deixou o endereço e o contato de Jihun, pegou um café latte gelado para viagem e se virou para ir embora. Como se tivesse resolvido uma tarefa difícil, ela parecia muito mais relaxada ao se afastar.

***

As figuras de Marie e Jihun de costas pareciam se sobrepor. Ela havia pedido claramente que o livro fosse entregue no próximo verão, então não deveria ser entregue na véspera de Natal. Mas Serin se perguntou se não poderia dar a ele uma pequena dica. Às vezes, há momentos em que precisamos nos manter firmes com a esperança de que a vida vai melhorar.

Após hesitar, Serin começou a preparar um chocolate quente. Colocou apenas metade da quantidade usual de chantili. Não achava que Jihun gostasse de uma bebida muito doce. Ela polvilhou canela sobre o chocolate, que estava o mais quente possível, e também colocou biscoitinhos de nozes em uma pequena travessa oval branca. O marrom escuro do chocolate quente contrastava com o branco do chantili e da travessa, evocando a sensação de uma pequena cabana coberta de neve, enfurnada no meio da floresta. Tomando cuidado para que o chocolate quente não transbordasse da caneca, Serin deu passos cautelosos para fora do café.

Os flocos de neve ficavam cada vez mais densos e o vento soprava em ondas. O ritmo era semelhante ao de uma máquina de lavar no ciclo de centrifugação: fazia um som regular de batida antes de ficar em silêncio e recomeçar tudo de novo. Serin dirigiu-se ao jardim, onde estava a mesa de piquenique. A primeira coisa que notou foi a neve amontoada nos galhos do pé de umê.

Jihun não estava lá. No lugar onde ele estava sentado, a neve não havia se acumulado totalmente, deixando uma marca redonda. Serin colocou a bandeja sobre a mesa e segurou a caneca de chocolate quente e doce com as duas mãos. O aroma adocicado passou pelo ar, e o calor foi transmitido entre os dedos. Ela olhou para a trilha que Jihun estava contemplando. Parecia que as luzes dos vaga-lumes do meio do verão piscavam vagamente.

Serin pensou no livro de capa amarela que Jihun receberia no próximo verão. Que tipo de resposta Marie deixara para ele? Qual seria a frase favorita dele ao ler o livro? Serin ainda se lembrava de um trecho:

A borboleta pode ir a qualquer lugar.
Ela supera o ontem e enfrenta o hoje.

***

Pouco depois da uma da tarde na véspera de Natal, Nayun encontrou um pacote dos correios em frente a porta de seu apartamento. Neste dia, a maioria dos colegas tira férias ou trabalha apenas pela manhã. Como estavam em um sistema de horário flexível, isso não era um problema. O escritório começou a ficar vazio cedo, como a maré baixa. Nayun pegou um sanduíche de frango com molho de cranberry para viagem na cafeteria perto do escritório. Enquanto verificava a caixa de e-mails, que estava bem tranquila, sentou-se em sua mesa de trabalho, comeu o sanduíche e saiu às 12h33. Não havia motivo para não ir para casa.

O plano era jantar com sua sobrinha de cinco anos na casa do irmão por volta das cinco da tarde. A princesinha, cuja pronúncia ainda era desajeitada, mas cuja fofura já chegara ao ápice, disse que estava esperando ansiosamente pelo vestido da Elsa de *Frozen* que a titia Nayun daria de presente, mais do que pelo Papai Noel. No grupo de mensagens da família, enviaram um vídeo da sobrinha Chae-eun dançando "Santa Claus Is Coming to Town". As covinhas de Cha-eun sempre desarmavam o coração da tia Nayun.

Assim que chegou em casa, Nayun abriu a caixa que recebera e viu que o livro *A papelaria Tsubaki* estava embalado em plástico bolha e uma carta que escrevera para si mesma, selada com cera, estavam obedientemente esperando por ela. Nayun pegou primeiro a foto Polaroid. Eram flores de cerejeira esvoaçando com o prédio da Cozinha dos Livros de Soyang-ri ao fundo. Na foto, o sol quente brilhava e as pétalas brancas caíam como chuva. O vento daquele dia soprou. Era um vento macio e suave, como algodão-doce.

O dia de primavera em que foi à Cozinha dos Livros de Soyang-ri parecia um passado distante. Embora as estações tenham mudado apenas três vezes, sentia como se apenas três estações tivessem passado, sentia como se tivesse mergulhado em outro mundo e retornado por uma porta giratória.

Nayun imaginou Serin, para quem a pousada agora era um espaço cotidiano. Às vezes, quando falavam ao telefone, a voz de Serin soava animada e sempre agitada. Parecia que um vento de textura diferente soprava do outro lado da linha. Ela, obviamente, não foi ao casamento de Namwoo. Não dava para saber se Serin estava fingindo ser alegre de propósito, se era a energia da Extraordinária Cozinha dos Livros que a deixava assim, ou se ela era uma pessoa alegre por natureza.

Nayun removeu o selo e desdobrou a carta. Pensou que, por ter sido ela quem escrevera, naturalmente se lembraria do conteúdo, mas estava enganada. Naquele dia, a Nayun que escrevia uma carta na Cozinha dos Livros de Soyang-ri era completamente diferente da Nayun de hoje. A sensação da ponta da caneta naquele dia foi a única coisa que permaneceu inalterada.

Querida Nayun,
Feliz Natal! Hoje, o dia em que esta carta chega é véspera de Natal, certo? Agora, estou na estação em que as cerejeiras florescem e dançam ao vento. Está tão quente que preciso tirar o casaco para andar de bicicleta durante o dia.
É a primeira vez que escrevo uma para mim mesma. Então, provavelmente, o texto vai ficar

um pouco confuso. Mesmo assim, vou tentar escrever como se fosse um diário. Como anda seu coração? Ontem, quando estavam cantando "Cherry Blossom Ending" aos berros, você, Chanwook e Serin fazendo uma viagem improvisada numa sexta-feira à noite, estava se sentindo revigorada, mas de repente ficou meio triste, não foi? Por que será? Acho que eu quase nunca parei para questionar ou observar meus próprios sentimentos.

Mas... ver as cerejeiras em plena floração, com as flores sendo espalhadas pelo vento, me deixou com um nó na garganta. Acho que foi porque me ocorreu que meus vinte anos estão indo embora assim, como o fim das cerejeiras em flor ou algo do tipo. Será que vou conseguir alcançar algo se continuar vivendo assim, do jeito que estou agora? Como será que vou acabar me casando? Vinte e nove anos e nenhuma certeza. Será que até a véspera de Natal terei descoberto os nomes exatos das emoções dentro de mim? Ou será que estarei indo para o trabalho com uma expressão neutra, tendo esquecido tudo de novo, como se não fosse nada de mais?

Nayun de Abril

Tinha uma pequena surpresa na correspondência. Após a carta, surgiu um cartão escrito CONVITE PARA A VÉSPERA DE NATAL em letras grandes e com uma ilustração de crianças entusiasmadas decorando uma árvore de Natal, vista através da janela, abaixo de uma placa com a inscrição RECEITA DE VIDA PRESCRITA EM LIVROS.

NESTA VÉSPERA DE NATAL, CONVIDAMOS VOCÊ PARA A EXTRAORDINÁRIA COZINHA DOS LIVROS! TRAGA O LIVRO QUE MELHOR REFLITA SEU GOSTO PESSOAL OU UM LIVRO PERFEITO PARA ENVIAR CONFORTO E ENCORAJAMENTO, E TROQUE POR UM DOS EXEMPLARES QUE REUNIMOS EM NOSSA LIVRARIA. OS LIVROS RESTANTES SERÃO DOADOS À BIBLIOTECA DA ESCOLA PRIMÁRIA SOYANG, POR ISSO, TODOS OS LIVROS QUE TROUXER SERÃO RECEBIDOS DE BRAÇOS ABERTOS! (OU VOCÊ PODE VIR APENAS COM O CORAÇÃO, É PERFEITAMENTE ACEITÁVEL TRAZER APENAS SEU ESPÍRITO.) POR QUÊ? PORQUE JÁ, JÁ É NATAL.

Abaixo, os detalhes do evento foram escritos à mão, com uma caligrafia caprichada. Era com certeza a letra de Serin. Enquanto lia o pós-escrito, Nayun sorriu involuntariamente.

P.S. Nayun, o que você está esperando para ir embora?

Alguns dias eram como este convite, pensou Nayun. Uma bola curva voando em direção a um cronograma previsível. Seguir o programado e chegar na casa do irmão às cinco da tarde para jantar com a sobrinha, conforme o planejado, ou rebater essa bola inesperada e ir à festa de véspera de Natal na Extraordinária Cozinha dos Livros? Ela estava sendo pressionada a tomar uma decisão.

Em uma bolsa caramelo, Nayun levava apenas o celular, um caderninho e a caneta-tinteiro Lamy. Abriu o armário e tirou seu casaco acolchoado mais grosso, um cinza-escuro. E então, fez uma ligação. Eram duas da tarde. Do lado de fora do apartamento de um cômodo, nuvens escuras formavam uma cortina densa no céu, dando a impressão de que já era noite.

Flocos de neve caíam suavemente sobre a escurecida Cozinha dos Livros de Soyang-ri. Ao entrarem no jardim, a primeira coisa que Nayun e Chanwook notaram foi o pé de umê. A planta havia se transformado em uma árvore de Natal decorada com luzes amenas. Pessoas estavam reunidas em pequenos grupos ao redor da árvore, pendurando cápsulas do tempo com cartas e bilhetes. Também repararam na faixa pendurada no pequeno café anexo ao lado do pé de umê.

SEJAM BEM-VINDOS À EXTRAORDINÁRIA COZINHA DOS LIVROS!

PRIMEIRO: RECOMENDE UM LIVRO QUE COMBINE COM OS SABORES AMARGO, DOCE, SALGADO, PICANTE E UMAMI DA VIDA.

SEGUNDO: PARTICIPE ESCREVENDO UMA CARTA PARA A CÁPSULA DO TEMPO QUE SERÁ ABERTA NO PRÓXIMO NATAL.

TERCEIRO: PODE LEVAR O LIVRO QUE QUISER DA MESA DE DOAÇÃO, MAS, APENAS UM POR PESSOA!

Nayun e Chanwook ficaram de olhos arregalados ao ver o interior através da janela.

– Uau, o ambiente aqui está totalmente diferente!

– Pois é. Lá fora é inverno, mas aqui dentro parece verão. É como se fosse... um Natal de verão?

Quando os dois passaram pela porta, uma árvore de Natal feita de palmeira brilhava com enfeites, e da mesa onde estavam fazendo sangria, ouvia-se o gelo retinindo. Havia espumante Moscato em um balde com gelo e em uma cesta, limões de um amarelo-claro reluziam. Em cima, havia uma nota colada que dizia: "Ingredientes para o bolo de limão".

– Nayuuun!

– Aah, Seriiin!

Assim que os amigos entraram no café, Serin correu como um cachorrinho e deu um forte abraço em Nayun. Por serem de alturas semelhantes, quando começaram a girar se abraçando, parecia que estavam brincando de ciranda.

– Ei, ei! Se comportem. Tem muita gente por perto. Mas aqui, não tem cerveja?

Serin, com a cabeça erguida, olhou Chanwook de cima a baixo.

– Uau, Chanwook. Você até que se arrumou um pouco hoje, hein? – disse ela.

– Serin, sabia que ele tinha um encontro às cegas hoje? Mas levou um fora antes mesmo de conhecer a garota. Hahaha!

– Encontro às cegas?

– Uhum. Você acha mesmo que Chanwook se veste todo chique para ir trabalhar?

– Aff, Choi Nayun. Ela não me deu um fora, só perguntou se podíamos adiar para o dia 26!

– Não é a mesma coisa?

Enquanto os três riam, Nayun observava Serin discretamente. Alguma coisa na amiga havia mudado em seis meses. Primeiro, sua pele estava um pouco mais bronzeada do que antes, e talvez por ter perdido peso, a linha do maxilar parecia mais definida.

– Serin, por acaso você emagreceu? Parece que você está diferente.

– Parece? Não tenho uma balança aqui, então não sei ao certo. Com toda essa história de abrir caixas cheias de livros, cuidar do jardim, correr para lá e para cá preparando refeições e lavando a louça, mal consigo sentar a bunda na cadeira. Acaba sendo um exercício forçado.

Mesmo dizendo viver uma rotina frenética de alguma forma, Serin parecia exalar uma aura tranquila.

– Ah é, cadê o Shiwoo?

– Agora ele não consegue nem colocar o pé para fora da cozinha – respondeu Serin, após uma espiada em direção à cozinha para conferir de relance quanto restava de comida no bufê. Ela deu uma risadinha antes de continuar. – Tem muita comida para preparar. Vou avisar que vocês chegaram para ele dar pelo menos um oi.

Chanwook, vendo a amiga agir assim, ergueu as sobrancelhas de um jeito malicioso.

– Nossa, vocês dois até parecem o casal proprietário da pousada aqui.

Nayun também pensou algo parecido, então deixou escapar um sorriso. Como se não valesse a pena argumentar, Serin maneou a cabeça.

– Se fosse para acontecer um romance, deveria ter soltado faíscas dez anos atrás, não?

– Na-na-não. O romance não escolhe hora nem lugar. Pode acender de repente, como se despertasse do nada.

Quando até a Nayun se intrometeu, Serin soltou uma risada, resignada.

– Galera? *Wake up*! Por favor, acordem! Fiquem aqui e aproveitem a comida, tá? Tenho algo para terminar agora. Ah, e vocês vão dormir aqui hoje. Combinado?

Sem dar chance para que Chanwook ou Nayun respondessem, Serin se levantou e correu até outro funcionário. Todos estavam ocupados cuidando dos convidados, servindo a comida, lavando a louça e ajeitando as decorações.

Nayun e Chanwook levantaram-se e caminharam preguiçosamente até a mesa montada em estilo bufê. Ela se serviu de costelinha de porco refogada, salada de salmão e batatas fritas, e logo estava voltando ao seu lugar com uma xícara de café. À sua frente, Chanwook estava imóvel, olhando para algo à direita da mesa.

– Isso... é o quê? Parece familiar.

Era um canto onde produtos como caderninhos e ecobags estavam expostos lado a lado. Havia um caderno com a ilustração de três lulus-da-pomerânia brancos brincando no jardim da Cozinha dos Livros de Soyang-ri. Havia também cartões-postais e sacolas com ilustrações de um casal sentado no café literário, absorto em pensamentos, e de um casal de idosos escolhendo livros com sorrisos serenos.

– Ah, são ilustrações da Serin – disse Shiwoo, que apareceu de repente, jogando a informação casualmente.

Os olhos de Nayun se arregalaram.

– Sério mesmo? – soltou Chanwook, quase assobiando.

Shiwoo concordou com a cabeça e sorriu ligeiramente.

– Uau, Min Serin. Você se tornou uma ilustradora de verdade.

Chanwook e Nayun aproximaram o rosto dos produtos que continham o toque de Serin, observando-os de perto. Em seguida, olharam na direção da amiga ao mesmo tempo, como se tivessem combinado. Por coincidência, Serin olhou para eles de volta, com um sorriso radiante, acenando com a mão acima da cabeça, como naquele dia de primavera em abril.

– No início, comecei a fazer as ilustrações para o marketing nas redes sociais, mas a resposta foi tão boa que decidimos transformá-las em produtos da marca. Decidimos que a partir do ano que vem vamos vender também na loja on-line – falou Serin, que se juntara à mesa sem que ninguém percebesse, assoprando seu chocolate quente, como se não fosse nada.

Nayun fitou Serin com olhos de admiração.

– Uau, isso é realmente incrível. Preciso pegar um autógrafo logo. Mas você quase não dá mais notícias. Gosta tanto assim daqui?

– Se aqui fosse tão bom, eu ligaria todos os dias para me gabar. Não tem muito o que fazer morando no meio da floresta. E é meio constrangedor reclamar da solidão. Então, a única coisa que ando fazendo é trabalhar.

– Ei, Min Serin. Assim você me deixa triste. Fazemos tantos eventos e atividades divertidas aqui, não é? – exclamou Shiwoo, exagerando como se estivesse ofendido.

– Quem vê vocês assim pode pensar que estão tendo alguma coisa – interferiu Nayun.

Serin balançou a cabeça como se julgasse aquilo ridículo.

– Seja alguma coisa ou coisa nenhuma, agora somos unidos pela camaradagem – retrucou ela.

– E isso... não é mesmo uma família de verdade? – intrometeu-se Chanwook, com sua voz grave.

Nayun e Chanwook riram alto, deixando Serin e Shiwoo incrédulos.

Os quatro, sentados junto à janela, observavam o jardim externo. No espaço aberto, a neve caía como uma garoa suave; uma criança, que aparentava ter uns cinco anos, sem conseguir se conter, pulava de alegria como um cachorrinho vendo a neve pela primeira vez. Era uma menina usando um vestido de veludo roxo sob um casaco xadrez. Com suas bochechas coradas, parecia um pequeno enfeite de Natal. Ela olhou para a mãe, deu uma voltinha como se estivesse exibindo o vestido e abriu um enorme sorriso. Seu cabelo trançado se agitava como uma onda. Ao ver a menina, Nayun lembrou-se de sua sobrinha Chae-eun.

– Honestamente, não consigo me imaginar criando um filho, sabe? – admitiu ela.

– Eu também não – concordou Serin. – Por mais adoráveis que sejam as crianças que vêm à pousada, quando as vejo fazendo birra e abrindo o berreiro de maneira insuportável, me assusto. E quando vejo uma mãe que não pode nem ter o luxo de ir ao banheiro em paz por causa do filho que não desgruda, fico pensando se eu conseguiria lidar com isso.

Chanwook recostou-se com os braços cruzados.

– O problema não é ter filhos. Como eu já disse, não sei nem se vou conseguir me casar. Ainda parece coisa de um futuro muito distante.

– Também estou na mesma. No meu roteiro de vida, casamento ou filhos só aparecem daqui a uns duzentos anos – disse Shiwoo, depois de um gole de sangria.

Nayun acenou esboçando um sorriso amargo. Nesse momento, uma valsa tranquila começou a tocar. Parecia a trilha sonora de abertura de um filme, um prelúdio anunciando o início de uma nova história.

– Gente, eu simplesmente amo essa música. Nossa chefe põe para tocar todos os dias. Escutem.

Como se tivessem entrado em um acordo, os quatro ouviam a música, observando vagamente a menina e a mãe do lado de fora da janela. No jardim onde a escuridão começava a cair, havia um pé de umê decorado com luzes, enquanto a lâmpada do pequeno café iluminava mãe e filha como um holofote. Era como assistir a um videoclipe.

> *In the sun she dances to silent music*
> *Songs that are spun of gold*
> *Somewhere in her own little head*
> *Then one day all too soon*
> *She'll grow up and she'll leave her doll*
> *And her prince and her silly old bear*
> *When she goes they will cry*
> *As they whisper "good-bye"*
> *They will miss her I know*
> *But then so will I.*[17]

---

[17] Em tradução livre: "No sol, ela dança ao som de uma música silenciosa / Canções tecidas de ouro / Em algum lugar, em sua própria cabecinha / Então, um dia, cedo demais / Ela vai crescer e deixar

Nayun pensou em Chae-eun. A sobrinha de cinco anos logo desapareceria deste mundo. Surgiria a de seis, sete, oito anos... E quando surgisse a nova Chae-eun de vinte anos, a Chae-eun de cinco existiria apenas em fotos ou vídeos. A Chae-eun de vinte, agora uma universitária, não se lembraria de si mesma como uma menina de cinco anos que brincava pegando flocos de neve com a boca e que não falava direito, com a língua enrolada. Essas memórias seriam eternizadas apenas nas mentes das pessoas ao redor que assistiram ao seu crescimento. Como fotos não reveladas de uma câmera analógica. Ao pensar nisso, Nayun de repente sentiu um aperto no coração, como se alguém estivesse pressionando a região abaixo de seu pescoço.

– Eu também já devo ter sido assim, não é? Por que será que não me lembro de nada da minha infância? – questionou Serin.

Chanwook esticou os braços como se estivesse se espreguiçando, depois os soltou de repente, desviando o olhar da criança.

– Pois é. Se existe um deus, por que ele projetaria os humanos desse jeito? Por que nos faria esquecer as memórias de quando éramos crianças, nos deixando assim, com amnésia?

– Eu acho, sabe, que deus é um entusiasta de cápsulas do tempo. Essa é a sensação que tenho – disse Nayun, externando um pensamento intrusivo.

– Cápsulas do tempo? – indagaram os três ao mesmo tempo, olhando para ela.

– Isso. Talvez agora, com quase trinta anos, estejamos abrindo uma carta de uma cápsula do tempo. Uma carta

---

sua boneca / E seu príncipe e seu velho ursinho bobo / Quando ela partir, eles vão chorar / Enquanto sussurram 'adeus' / Eles sentirão sua falta, eu sei / Mas eu também sentirei".

que nossos pais enterraram no fundo dos próprios corações quando tínhamos cinco anos. Eles devem ter guardado lembranças que já esquecemos completamente, de quando éramos frágeis e indefesos e, por isso, tão adoráveis. Acordavam às três da manhã para trocar nossas fraldas, ouviam atentamente os inúmeros "gugu dadá" que mais pareciam uma língua alienígena e nos acalmavam quando, às vezes, explodíamos em gritos estridentes, como um balão estourando. Então, devem ter guardado com carinho a imagem do urso de pelúcia com que brincávamos. E só com o passar do tempo, quando nos tornarmos pais, é que vamos compreender os sentimentos dos nossos próprios pais. Quando for a hora da cápsula do tempo adormecida se abrir.

Serin assentiu, segurando a caneca.

– Muitos hóspedes vêm à Cozinha dos Livros em família. Às vezes, os vejo brigando ou brincando, e isso me faz pensar que são marcas de amor que se acumulam. Talvez sejamos seres que vivem se apoiando nas marcas de amor que damos e recebemos.

– Viver apoiados nas marcas do amor... Uau, Min Serin agora também é poeta.

Chanwook riu, bagunçado os cabelos de Serin.

Nayun sentiu como se tudo se iluminasse diante de seus olhos. A questão não era se ela abriria uma loja de macarons ou continuaria trabalhando duro na empresa. O importante era reconhecer que ela era um ser imperfeito que recebeu um amor imenso e aceitar que outras pessoas também são seres imperfeitos que receberam esse amor. O calor que poderia aquecer seus pés congelados durante os profundos invernos da vida, a coragem para suportar as críticas de alguém, a paciência para enfrentar um dia de fracassos e rejeições; tudo isso só era possível graças às marcas de amor que recebemos ao longo da vida. As pessoas são imperfeitas, mas o amor é perfeito.

Na Extraordinária Cozinha dos Livros de Soyang-ri, alegres cantigas natalinas ecoavam ritmadas, e as mesas estavam quase todas ocupadas por convidados. A menina que estava brincando com a mãe até há pouco, agora fazia junto ao pai o nariz de um boneco de neve com uma cenoura.

***

Sohee parou o carro e desligou o motor. Antes de sair, olhou para sua própria imagem por um momento. Os brincos prateados destacavam-se contra a blusa preta de gola alta. Depois de respirar fundo, como se estivesse tomando fôlego, pegou uma grande sacola de papel e a ecobag que estavam no banco do passageiro e desceu do carro. O som da porta travando com um "clique" e o zumbido dos retrovisores laterais se ajustando pareciam, de alguma forma, uma torcida para que tudo desse certo.

Adentrou cautelosamente o jardim da Cozinha dos Livros, onde a neve caía. Já era noite, mas o entorno da pousada estava animado, como se um segundo sol tivesse nascido. No jardim, encontravam-se dois bonecos de neve em miniatura e um pé de umê decorado com luzinhas de Natal. Em seguida, ela notou as camélias brilhando como rubis no meio da neve. De repente, Sohee percebeu que seus brincos se assemelhavam àquelas flores incandescentes e, sem se dar conta, deu um leve sorriso. Agora, a gola rolê preta não parecia mais sufocante. Ela respirou fundo mais uma vez, como se quisesse reunir coragem, e caminhou em direção ao estabelecimento.

No dia em que foi liberada do hospital, era verão. Em agosto, no auge da estação, após passar pelo procedimento de alta, ela voltou para casa ao som das cigarras que preenchiam a estrada. Mesmo com as janelas do carro fechadas, o cigarrear era ouvido intensamente, como se a incitasse a retornar ao frenesi do cotidiano.

Após chegar em casa, tirar um cochilo e jantar, o exterior ainda estava tão claro como se fosse meio-dia. Eram sete da noite, mas o ar escaldante ainda estava presente como miragem no asfalto. Sohee vestiu uma regata cinza de gola alta e saiu para uma caminhada. A gola alta era um sinal de que um capítulo de sua vida estava chegando ao fim. Ela estava se despedindo do câncer de tireoide. No encontro entre o pescoço e o peito, havia uma cicatriz em forma de meia-lua deixada pela cirurgia. A blusa cobria silenciosamente a cicatriz, mas sempre que via a peça pendurada no cabide, Sohee se lembrava do tempo que ficara hospitalizada.

Os brincos foram comprados por impulso, em uma barraquinha qualquer durante uma caminhada no entardecer, enquanto o sol se punha. Banhados pelo pôr do sol de verão, os brincos pareciam uma flor desabrochando no meio de um deserto quente. Os acessórios prateados tinham a forma de uma flor aberta, com uma pérola redonda no centro, e pétalas ligeiramente curvadas nas pontas, vibrantes.

Com os brincos, ela se sentia uma pessoa diferente. Não eram um símbolo de segredo, mas sim de revelação. Um símbolo de que havia voltado com vida da fria e sombria sala de cirurgia para o intenso mundo do verão. A mesma forma de uma camélia florescendo na neve branca. Sentiu como se a Extraordinária Cozinha dos Livros de Soyang-ri estivesse parabenizando-a por ter voltado.

— Minha nossa, Sohee! Que surpresa! Pensei que não viria!

Yujin correu até Sohee, que entrava timidamente. Já tinha bebido uma taça de sangria, e dela emanava um sutil aroma de vinho tinto.

O ambiente do café literário estava bem diferente de quando Sohee esteve lá no verão passado. O burburinho de risadas e conversas animadas se misturava ao som dos talheres tilintando. Além disso, o cheiro de comida parecia envolver Sohee, como se aliviasse a tensão de seu corpo. Ela se lembrou das refeições que fizera anteriormente na Cozinha dos Livros: sopa quente de carne com nabo, *bibimbap* com pasta de soja fermentada, e ensopado de *kimchi* envelhecido com carne de porco. Nas madrugadas, quando acordava de um pesadelo e o medo da cirurgia começava a tomar conta, pensava no café da manhã quentinho que teria depois que o sol nascesse. Era a refeição caseira ideal que Sohee sempre sonhara. Pensar no que haveria no café da manhã seguinte costumava ajudá-la a pegar no sono de novo.

– Estou um pouco atrasada, não é? Como você tem passado?

O sorriso suave finalmente disse o que estava guardando por todo esse tempo. Com o olhar, disse ainda mais.

"Senti muita saudade daqui, mesmo sendo um lugar onde passei tempos difíceis e sufocantes."

Talvez Yujin tenha entendido o olhar de Sohee, pois a conduziu com o rosto ligeiramente corado a um lugar para se sentar e se acomodou ao seu lado, despencando no assento. Precisava de um momento para sentar e observá-la com mais atenção. Ela queria perguntar se agora estava tudo bem, se o câncer estava curado, mas, pensando melhor, percebeu que, para Sohee, mesmo que a cirurgia tenha sido bem-sucedida, não significava que todo o processo tivesse terminado. O coração também precisa de tempo para se recuperar. Com um vigoroso aceno de cabeça, Yujin estendeu a Sohee um grande prato de cerâmica cinza-escuro. Era bastante pesado.

– Vamos lá! Primeiro, o jantar. Você deve estar cansada da viagem.

A voz de Yujin estava um pouco mais alta, como se estivesse tentando se sobrepor ao som da música e das outras pessoas. Estava mais animada do que o habitual. Sohee se lembrou do verão em que se esgoelou e cumprimentou desconhecidos em um festival de jazz. O cheiro fresco da grama e das flores, a sensação das gotas de chuva pingando sobre seu corpo coberto pela capa, aquela certa emotividade por todos permanecerem unidos até o escurecer, sem sair do local do show, além das histórias compartilhadas com Hyeongjun e Yujin no café até tarde da noite; todos esses sentimentos vieram à tona naquele momento.

– Estou com muita fome. Mal posso esperar para experimentar as delícias que nosso chef preparou desta vez.

Sohee, com um sorriso radiante, estendeu uma grande sacola de papel para Yujin.

– Uau, isso tudo é livro? Quantos são, afinal? Uau! – respondeu a anfitriã.

– Estava escrito que se tivesse livros para doar, eles seriam bem-vindos, então escolhi alguns para trazer.

Yujin, com seu sorriso característico que formava covinhas profundas, examinou o conteúdo da sacola por todos os ângulos, e, por um momento, seu olhar se deteve em algo. Então, levantou a cabeça com uma expressão de perplexidade.

– O que é isso?

Havia ali um livro um tanto peculiar. Era quadrado e se destacava dos outros por ser maior. Devia ter o tamanho de uma folha A4 em altura e comprimento. À primeira vista, parecia um álbum de fotos, mas pelo tipo do papel, não parecia conter fotografias. A capa fora meticulosamente envolta em veludo, com uma moldura redonda e alongada no meio e as bordas cobertas por ponteiras douradas, o que deixava claro que era um trabalho manual.

Dentro da moldura, via-se uma menina sentada no telhado, olhando para a lua. O telhado era pintado em uma combinação harmônica de vermelho-tijolo e dourado, como se tivesse sido polvilhado com pó de ouro, e continha uma chaminé. No canto superior esquerdo, a lua estava voltada para a menina. Não era uma lua crescente, e a aparência meio indefinida sugeria uma lua cheia que fora ligeiramente talhada. Embora a expressão da garota não contivesse muitos detalhes, sua postura e o ângulo do rosto sugeriam tranquilidade. O livro fora amarrado com uma fita listrada de verde e vermelho, evocando o clima natalino, e um laço rosa-choque, que parecia perfeito para o penteado de uma menina de cinco ou seis anos, estava preso no canto superior direito.

– É o meu primeiro livro infantil. – Ao ver os olhos de Yujin se arregalarem, Sohee rapidamente continuou, com uma expressão tímida. – Não fiz para vender. É um presente que fiz para mim mesma, para comemorar meu mês na Extraordinária Cozinha dos Livros de Soyang-ri. Vim para cá com a intenção de ler livros à vontade e escrever um diário todos os dias. Mas aí teve aquela noite chuvosa, lembra? Depois daquele dia, uma criança dentro de mim começou a falar sem parar, perguntando se eu não queria embarcar em uma aventura.

– Ela se lembrou do Estúdio de Escrita sob o sol quente do verão. As sensações do dia em que começou a escrever sobre Sofia revisitaram-na e ela prosseguiu:

– "Sofia" é o nome dessa criança. Ela é uma pequena bruxa e aspirante a guardiã-livreira que administra a Livraria Luz da Lua. A partir dos bruxos que visitam a livraria, Sofia ouve histórias sobre vários tipos de mundos misteriosos e viaja no tempo e no espaço para buscar livros mágicos em lugares desconhecidos. Nas noites de lua cheia e redonda, sem nuvens, ela pode se transportar para outras dimensões, mas deve retornar em 24 horas. No entanto, ela comete muitos erros e por isso ainda não conseguiu obter o certificado oficial de bruxa guardiã-livreira. Entretanto, numa noite de lua cheia próxima ao Natal, quando Sofia deixou a livraria desprotegida, um ladrão entrou. Todos os livros de magia essenciais para a entrega dos presentes de Natal desapareceram... E o resto você vai ter que ler!

– Oh, é sério? Sério... uau...

Yujin segurou o livro contra o peito, olhou para o teto como se estivesse segurando as lágrimas e então puxou Sohee para um abraço repentino. Algumas emoções simplesmente não podem ser expressas em palavras. Elas só podem ser transmitidas pelo som de um coração batendo forte e olhos marejados. Sohee sentiu o coração de Yujin no abraço apertado. Embora raramente chorasse, sentiu uma onda de emoção emergindo de algum lugar próximo à cicatriz no pescoço. Deu leves tapinhas nas costas de Yujin.

– Onde já se viu ficar emocionada assim sem nem mesmo ler a história?

– Ah, é verdade. Será que exagerei no vinho?

Yujin, que estava com os olhos repletos de lágrimas, riu descontroladamente.

Como se essa fosse sua deixa, "Let it Snow", do Eddie Higgins Trio, começou a tocar animadamente, e, na mesa ao lado, uma explosão de risadas se espalhou como uma cascata. Com um sorriso, Sohee foi até a mesa de comida e colocou batatas gratinadas e *kimbap* de queijo no prato. Enquanto isso, Yujin desatava a fita da embalagem, tomando cuidado para não soltar o laço, e abria o livro de a capa dura e espessa.

Prólogo

Sofia se lembra muito bem do que aconteceu na Livraria Luz da Lua no verão em que ela tinha cinco anos. Era uma noite de lua cheia, bem amarela, e alguém entrou na livraria mágica que estava escondida sob as nuvens. Quando a campainha tocou como um sininho tilintante, Sofia levantou a cabeça.

E, "puf", exatamente nesse momento, um livro apareceu magicamente em uma das prateleiras cheias de livros. Parecia que estava lá há muito tempo, e já tinha até uma fina camada de poeira. Sofia piscou várias vezes. Olhou fixamente para o livro que tinha acabado de aparecer e, então, seus olhos se arregalaram ainda mais. Isso porque o livro que havia surgido como mágica estava perdendo seu brilho e parecia que ia desaparecer! Foi um curto período de três segundos, mas era uma prateleira na altura dos olhos de Sofia, então ela não piscou nem uma vez e continuou olhando. Logo, o livro recuperou sua forma.

Pouco depois, o cliente que tinha entrado na livraria, depois de andar para lá e para cá, acabou comprando justo aquele livro que apareceu de forma misteriosa. Naquela noite, Sofia contou animadamente à mãe sobre o que aconteceu, mas ela não conseguia entender do que Sofia estava falando.

O segredo só foi revelado vinte e cinco anos depois.

– Foi um erro meu.

Alice, uma aspirante a bruxa, disse tentando manter a calma. Porém, havia uma sombra de frustração em seus olhos. Como era um momento importante para o cliente encontrar o livro de sua vida, a Associação dos Bruxos tinha reservado a aparição do livro para aquele momento, mas Alice murmurou um feitiço que cancelava o pedido.

No final, a bruxa-mestre Harriet teve que usar uma magia de emergência para devolver o livro ao seu lugar. Naquela época, Alice tinha nove anos, então todos deixaram passar, mas seus grandes erros começaram a acontecer a partir daquele momento...

– Uau, parece interessante!
Sem que Yujin percebesse, Hyeongjun estava ao seu lado, olhando para o livro. Quando Sohee voltou, cumprimentou-o calorosamente.
– Quando você arrumou tempo para fazer um livro? Dona advogada, a senhora anda com muito tempo livre, hein?
Sohee riu timidamente, passando a língua pelos lábios.
– É um passatempo. Se você passa o dia todo lendo textos complexos, acaba querendo escrever algo mais suave e doce.
Hyeongjun estava prestes a se sentar ao lado de Sohee e responder, quando Shiwoo apareceu de repente e se interpôs.
– Uau, hóspede Choi Sohee! Há quanto tempo!
– Você se lembra de mim? Impressionante.
Foi reconfortante ver que a atitude espirituosa de Shiwoo não havia mudado. Para Sohee, que estava cabisbaixa naquele verão, a voz dele parecia um refrigerante, refrescante e cheio de energia.
Shiwoo gargalhou e seguiu falando com a voz alta:
– Como eu poderia esquecer da hóspede que ficou um mês inteiro na estadia literária? Além disso, você é a pessoa que aparece na letra da música do Hyeongjun, não é?
– O quê?
– Não, *hyeong*! Isso...
Sohee olhou para Hyeongjun com uma expressão de "do que ele está falando?", enquanto ele, com cara de

vergonha, tentava de tudo para interromper as palavras de Shiwoo. No entanto, ninguém era capaz de parar Shiwoo, que falava rápido como um rapper.

– Ah, Hyeongjun, você ainda não contou que vai participar como letrista num álbum de trilha sonora?

– *Hyeong*, já disse que ainda não está confirmado...

– Já tem até demo e não está confirmado? Você não pode ser tão modesto! Ei, por que o projetor está daquele jeito?

Shiwoo fez um movimento com o queixo, como se estivesse assentindo, e rapidamente desapareceu em direção à tela cinza do projetor.

Sohee não conseguiu conter o riso ao ver Hyeongjun ali em pé, embasbacado. A expressão injuriada combinava perfeitamente com ele.

– Hum, então... você escreveu a letra de uma música? Também fiquei curiosa. Se tiver uma demo, gostaria de ouvir. Mas "Distância mais curta" é o título da música?

– O título é "A melhor rota". Ai, Shiwoo *hyeong*, sério...!

Hyeongjun, com o rosto vermelho, olhou para o chão, enquanto Sohee sorria ao se lembrar daquela noite chuvosa de verão. Yujin, alheia às conversas ao redor, estava imersa no livro de Sohee.

***

– *Hyeong*! Achei que você não fosse conseguir vir!

A voz espalhafatosa de Shiwoo soou atrás de Yujin. No instante em que ela, que estava lendo o livro infantil de Sohee, olhou para trás instintivamente, viu um sorriso travesso se espalhar no rosto do primo. Shiwoo então abriu os braços, parecendo dizer algo para ela. Mas, a partir desse momento, Yujin não ouviu mais nada. Ela fixou o olhar na entrada, piscando repetidas vezes.

Ele estava lá, em pé. Min Suhyeok, com um longo casaco cinza de caxemira. Tinha uma expressão tímida, como na primeira vez que Yujin o viu. Ao ver aquela expressão, ela foi transportada de volta a um momento específico: uma noite de outono no terraço do segundo andar, onde misturavam vinho e café, as conversas sob um céu pontilhado de estrelas, o toque das castanhas quentes, a neblina se espalhando sobre o lago e o amanhecer nebuloso iluminado pelo sol.

Yujin se aproximou lentamente de Suhyeok. Ele colocou uma sacola de papel branca no chão e, tirando as luvas azul-marinho, dirigiu-se a Shiwoo e Yujin.

– A entrega de icewine[18] chegou. Será perfeito para a sobremesa.

Suhyeok deu um largo sorriso para Yujin, que ainda estava ali, atônita. Sua voz grave continuava a mesma, assim como seus longos e finos dedos. No entanto, Yujin sentiu que algo havia mudado nele. Embora não conseguisse explicar exatamente o que era, ele parecia mais leve, como alguém que tivesse se livrado de um escudo invisível. Shiwoo estava com um sorriso bobo.

– Uh, *hyeong*, você está de óculos? Não usava antes, né?

– Decidi tentar um projeto de viver como outra pessoa, então comprei esses óculos sem grau. Alguém me disse que... viver uma segunda vida como o protagonista de um certo romance, sendo alguém completamente diferente, poderia ser bem interessante.

– O que é que isso...

Por cima do ombro de Shiwoo, em estado de perplexidade, Suhyeok olhou para Yujin, e só então ela esboçou

---

[18] Tipo de vinho doce e licoroso feito com uvas congeladas naturalmente na videira.

um sorriso. Um ganchinho dourado pendendo das luvas azul-marinho balançava.

Suhyeok tinha muito a dizer a Yujin, mas estava perdido, sem saber por onde começar. Imagens de olhos vermelhos, icewine e um túmulo coberto de neve passaram rapidamente por sua mente.

***

Foi a primeira vez que Suhyeok visitou o túmulo da mãe. Encontrar o túmulo não foi difícil. A grama ainda não havia crescido ao ponto de cobri-lo, e o corpo dele lembrava-se da localização do cemitério ancestral no monte, onde realizavam os ritos memoriais durante os feriados.[19] Sob nuvens cinzentas e leves, uma neve fina começou a cair. Suhyeok apenas observava a lápide, em silêncio. Ele nunca viera a esse lugar antes, com medo de que seu coração desmoronasse e ele se debulhasse em lágrimas, mas, ao se ver diante do túmulo coberto pela neve, sentiu uma tranquilidade inesperada. Vida e morte estavam embaladas juntas, no mesmo pacote, formando um combo organizado. Quando a neve começou a cair com mais força, ele abriu o guarda-chuva e começou a descer o caminho do monte ancestral. Um homem subia o monte sem guarda-chuva, vindo em sua direção. Suhyeok, imerso em seus pensamentos, estava prestes a passar por ele, mas, quando o sujeito parou de repente à sua frente, foi obrigado a frear.

Era seu pai. Suhyeok, surpreso, deu um pequeno passo para trás. O pai, parado ali na neve, sem assistente pessoal

---

[19] Na cultura coreana, é comum que as famílias visitem o túmulo ancestral, normalmente localizados em áreas montanhosas, durante feriados importantes como Chuseok e Seollal para realizar cerimônias memoriais. Esses rituais envolvem oferendas de comida e orações em homenagem aos antepassados.

e sem guarda-chuva, parecia-lhe estranho. Sem saber o que dizer, Suhyeok titubeou. Devia fazer uns vinte anos desde a última vez que ele disse "Feliz Natal!" ao pai. Mas também parecia inadequado cumprimentá-lo com um simples "O senhor por aqui?", em um local sagrado para seus ancestrais. Enquanto hesitava, um tanto desconcertado, ele finalmente percebeu a garrafa de icewine nas mãos do pai. Embora apenas a rolha e o gargalo da garrafa estivessem à mostra no balde com gelo, Suhyeok a reconheceu de imediato. Era o vinho licoroso que sua mãe tanto adorava.

Então, Suhyeok se lembrou. Nos dias em que a mãe fazia torta de maçã e assava biscoitos enquanto ouvia jazz, o pai pegava o icewine depois do jantar. Até tarde da noite, os dois bebiam o vinho e comiam a torta, conversando sobre tudo. Nesses momentos, o olhar do pai parecia suave como a primavera, e a mãe se curvava de tanto rir, batendo no braço dele. Suhyeok percebeu, então, que se lembrava da mãe apenas pela metade. Ela não estava fazendo biscoitos apenas para ele e sua irmã. Ela também estava preparando uma sobremesa para acompanhar o icewine que compartilharia com o homem que amava.

Durante todo o tempo em que fazia os biscoitos, sua mãe ficava exultante. Suhyeok achava que fosse devido ao cheiro doce da massa, mas isso não passava de uma meia-verdade. O destino da lua de mel dos seus pais foi Toronto e as vinícolas ao redor. A mãe ficou fascinada pelo icewine na época, e sempre que ficava triste ou zangada, o marido comprava uma garrafa para ela. O icewine era um gesto de reconciliação e um símbolo do amor fervoroso dos dois.

— Pai, isso é... icewine?

Seu pai, que fitava Suhyeok em silêncio, olhou para o balde e a garrafa que carregava. Assim que tocava a superfície do balde, a neve derretia e desaparecia. Ele assentiu. Então, com um leve sorriso, começou a falar devagar.

– Suhyeok, você... você... realmente tem os olhos da sua mãe.

A voz dele continha uma dor sutilmente fissurada. Suhyeok levantou a cabeça e encarou os olhos do pai, que estavam vermelhos. Ele ouviu o som do sangue bombeando em seu coração. A profunda saudade caía como neve sobre o campo branco. Não era o rosto rígido e seco de um homem de negócios. Não era o deus sempre grandioso, frio e perfeito. Era apenas o rosto de um homem que amara loucamente uma mulher, a ponto de entregar-lhe toda a sua vida.

Só agora Suhyeok parecia entender o quanto seu pai amava sua mãe. Também compreendeu por que ele não ficara tão furioso quanto se esperava quando o filho decidiu ir estudar no exterior sem sua permissão. Agora, ele podia ver o pesar que permeava a raiva do pai quando um investimento precipitado se revelou uma fraude. Sempre pensara que o pai estava avaliando e julgando-o, mas, na verdade, essa era apenas a forma silenciosa e profunda que ele tinha de amar. E, na véspera de Natal, o pai olhava para Suhyeok e via a imagem de sua mãe. A mulher amada e o filho que herdara seu olhar e seu coração bondosos...

– Seu moleque... é véspera de Natal e você não tem nem um encontro?[20] – continuou enquanto a neve caía sobre ele.

Suhyeok, como se de repente tivesse caído em si, se aproximou e segurou o guarda-chuva sobre a cabeça do pai. O som dos flocos de neve no tecido plastificado lembrava leves batidas de um lápis rombudo.

– Ah, e você, pai? Sem guarda-chuva em uma véspera de Natal com neve? Tsc, tsc.

---

[20] Na Coreia, o Natal é uma data focada em encontros românticos, e não em comemorações familiares.

Um sorriso discreto se formou nos lábios de seu pai. Suhyeok também sorriu de leve, desviando o olhar. O pai soltou um longo suspiro, como se estivesse aliviando a tensão. A fumaça branca que saíra pela boca desapareceu entre os flocos de neve.

– Suhyeok, encontre alguém com quem você possa conversar por horas a fio. Alguém com quem possa compartilhar seus sentimentos mais profundos, como água tirada de um poço, e conversar a noite toda. Foi isso que seu pai percebeu ao longo da vida. Até os dias de glória passam, e os momentos de paixão e alegria intensa desbotam. Mas as conversas permanecem para sempre. Porque elas ficam guardadas no coração, não se desgastam nem se quebram...

O pai fechou os olhos devagar, como se estivesse relembrando as conversas com a mãe. O vento soprava, envolvendo-os gentilmente.

***

Nas luvas azul-marinho de Suhyeok, havia vestígios da neve que ainda caía pelo jardim da Cozinha dos Livros de Soyang-ri. Ele pegou a sacola de papel pesada que havia deixado ao lado e olhou para Yujin.

– Conheço um ótimo lugar para beber icewine. Quer ir?

A trilha de metasequoias coberta de neve parecia uma tropa de árvores de Natal alinhadas. De ambos os lados, as árvores esticavam seus galhos finos, que, desprovidos de folhas, vestiam a neve para tapar sua nudez, como se tentassem tocar umas às outras. A estrada nevada estendia-se imaculada, sem uma única pegada, enquanto a luz dos postes iluminava as árvores brancas com um tom amarelado.

O icewine era muito doce, mas também trazia um leve amargor. Sem taças de vinho apropriadas, trouxeram xícaras de espresso, e o líquido escuro e intenso parecia café. Sentada no banco, Yujin levantou a xícara de espresso na altura dos olhos e disse:

– Meu avô costumava passar café com grãos moídos na hora. Isso foi no ano em que entrei na faculdade. Ele me ensinou a apreciar o café antes mesmo do *makoli*. Ele dizia: "Haverá momentos em que a vida parecerá água amarga, mas lembre-se de que mesmo nos momentos mais amargos há um sabor profundo. Quando você bebe café pela primeira vez, pode ser difícil entender seu sabor. Mas, ao aprender a apreciar uma boa xícara preparada com todo o esmero, você descobrirá a beleza dos segredos escondidos no amargor da vida".

Suhyeok olhou para a pequena xícara e assentiu.

– Pois é... Acho que sempre estive tentando fugir do gosto amargo da vida. Nunca soube como reconhecer e aceitar os barrancos de fracasso e frustração que encontrei pelo caminho. Talvez seja por isso que, desde que minha mãe se foi, eu nunca tenha visitado o túmulo dela.

Yujin, lembrando-se do dia em que a primeira neve caiu e se perguntou sobre o bem-estar de Suhyeok, olhou para ele de perfil. Ele continuou:

– Hoje, fui fazer essa visita. Alguns dias atrás fez um ano que ela faleceu. Enquanto descia o monte, encontrei meu pai por acaso. Ele me disse para encontrar uma mulher com quem eu pudesse conversar. Disse que as conversas ficam para sempre em nossos corações...

Suhyeok fez uma pausa e, então, segredou lentamente em seu coração: *Naquela hora, percebi que já tinha alguém com quem queria conversar por horas...*

Os olhos dos dois se encontraram, e Yujin assentiu vagarosamente, indicando que estava disposta a ouvir tudo o que Suhyeok tinha a dizer.

Os flocos de neve ainda caíam, rápidos, incessantes e dispersos. Yujin sentia como se estivesse dentro de um grande globo de neve. Então, Suhyeok começou a contar sua história calmamente. Do icewine ao pai, das ruas estreitas de Yeonhui-dong à mãe, da traição de um amigo ao sonho de ser diretor de musicais, da vida sem propósito à morte da mãe...

Em resposta, Yujin também compartilhou sua história. Falou sobre sua infância competitiva, o burnout e a startup, o afastamento de um *seonbae* próximo, o mar de nuvens e o nascer do sol em Maisan, até seu tempo na Cozinha dos Livros de Soyang-ri...

Uma a uma, as partículas de neve pousavam no icewine e se desmanchavam. Apesar do vento gélido, o mundo parecia suave, como se estivesse debaixo de um macio cobertor de lã. Yujin deu um gole no vinho.

– Alguém me disse que o umê é a primeira árvore a florescer na primavera. Pode-se dizer que ele é o primeiro sinal de que o inverno já passou. Por isso, tive a ideia de transformar o pé de umê da Extraordinária Cozinha dos Livros em uma árvore de Natal. Para mim, as árvores de Natal carregam sentimentos calorosos que queremos transmitir às pessoas que estão passando pelo inverno de suas vidas. É como se nos consolassem, dizendo que devemos encontrar coragem para enfrentar um novo ano, porque até no café amargo da vida há um sabor profundo.

Um sorriso surgiu nos lábios de Suhyeok. Quando ele fez sua xícara tilintar contra a de Yujin, um som claro e cristalino soou. Ela também sorriu em silêncio, olhando nos olhos de Suhyeok.

– Feliz Natal!
– Feliz Natal!

Enquanto Yujin e Suhyeok conversavam até tarde da noite, sentados em um banco na estrada de metasequoias, alguns gatos selvagens apareceram de algum lugar e perambulavam pelo jardim da Cozinha dos Livros de Soyang-ri como se fosse sua casa. No céu, a neve parara, e a lua cheia brilhava fraquinha através das nuvens escuras. O pé de umê estava carregado de cápsulas contendo desejos, emoções, arrependimentos e dores, e as luzes de Natal brilhavam como estrelas. Era uma noite em que o aroma doce e azedo do bolo de limão pairava como nuvens.

Epílogo 1
Tempo onde a luz das estrelas e o vento moram

O dia no Havaí era deslumbrante, colorido e perfeito. O sol intenso parecia uma superestrela sob os holofotes, no centro da aclamação dos fãs. O céu de um azul irreal, as nuvens fofas e brancas como roupa de cama de hotel, o ar puro que não precisava de nenhum filtro de câmera, as palmeiras estendendo-se humoristicamente para o céu e os restaurantes sofisticados na medida certa. Daine sentia-se imersa em um pequeno paraíso escondido em algum canto da Terra.

No entanto, ela gostava mais da noite havaiana. A noite à beira-mar era mais como uma vovó aconchegante do que uma mulher encantadora. O som das ondas flutuava por entre as frestas da janela como uma suave fragrância. Quando ela abria a janela, o vento com o cheiro do mar entrava com tudo, como se estivesse à espreita, do lado de fora. Dain saiu para o terraço, amarrando de lado os cabelos que ricocheteavam ao vento. Era uma noite escura como breu. Nem as estrelas estavam visíveis. Era por volta das onze da noite quando a lua decidiu aparecer timidamente entre as nuvens escuras, apenas para revelar sua localização antes de sumir novamente. Do terraço, Dain olhou para a praia. As ondas quebravam na costa, criando uma espuma branca que dali a pouco desaparecia, de novo e mais uma vez.

Para vovó

Dain hesitou e brincou com a caneta por um momento. Parecia que as emoções estavam prestes a invadi-la, como um barco deslizando descontroladamente por uma correnteza. Seu coração se agitava, dizendo que ainda precisava de tempo. Mas não podia adiar para sempre. Ela recordou o céu noturno que viu na Cozinha dos Livros de Soyang-ri antes de embarcar nessa viagem. E então, olhou para o céu noturno do Havaí e sentiu como se pudesse tocar a luz das estrelas que ainda brilhavam além das nuvens negras. Dain soltou um leve suspiro, inclinou os ouvidos para o som das ondas e sentiu o vento mais uma vez, enquanto segurava firme a caneta. Como se aquele objeto fosse uma linha telefônica que conectava ela à sua avó.

Vovó, estou escrevendo do Havaí. Neste momento, consigo ouvir o som das ondas do mar à noite. O som das ondas lembra o vento soprando nas cristas da montanha. Como quando o vento sopra "shhhhhh" no pé da montanha em Soyang-ri e as árvores balançam suas folhas, fazendo barulho como se estivessem cumprimentando. Lá, as folhas das árvores brilhavam em tons de verde-claro, verde-escuro, amarelo e verde azulado, refletindo a luz do sol no lago.
Quando eu ia para a sua casa, adorava adormecer no daecheong maru *ouvindo o som do vento, que parecia o som das ondas. E quando eu acordava, a senhora estava sentada ao meu lado, limpando brotos de feijão ou descascando alho. Às vezes, ficava olhando para o bosque ondulando*

com o vento. Quando notava que eu tinha acordado, a senhora sorria para mim.

O som das ondas me acalma. Mesmo no mar noturno, tão escuro como ébano, acho que consigo dormir sem preocupações se estiver ouvindo o som das ondas. Porque é como se seu coração estivesse contido nele. Porque, quando ouço, me lembro do seu doce rosto de perfil. Porque, talvez, as ondas transmitam meu coração para a minha vó.

Desta vez, fui à sua casa. Foi a primeira vez que fui lá depois que você se mudou para a casa de repouso. Peguei a estrada em zigue-zague, dei voltas e mais voltas pela rodovia nacional e fui para a sua querida Soyang-ri. A casa tradicional já tinha sido vendida e virou um hotel hanok na parte baixa da cidade. O depósito onde eu costumava brincar de esconde-esconde também desapareceu. E havia um prédio estranho no lugar onde ficava a sua casa.

Mas o vento de Soyang-ri não mudou. Quando soprava, parecia que você estava me acariciando enquanto sorria. O pé de caqui também estava intacto. Me fez lembrar de você pendurando caquis como um pêndulo sob o beiral da hanok para fazer hongshi,[21] e também do dia em que, quando eu era bem novinha, subi na árvore de caqui seguindo um esquilo-vermelho e caí.

Naquela noite, olhando para o céu noturno, tive a impressão de estar sendo observada pelos velhos tempos. Era como nadar em um pequeno

---

[21] Embora o processo de amadurecimento seja natural, *hongshi* refere-se a caquis amadurecidos com interferência humana, para garantir que a fruta atinja o estágio desejado de maciez e doçura. *Hongshi* costuma ser consumido fresco, congelado ou seco. Para secá-los, os caquis são descascados e pendurados para secar ao ar livre.

universo. E a luz das estrelas parecia se transformar em um pé de vento e sussurrar para mim. Dizia que estava feliz por ter momentos que permanecem como lembranças preciosas. Agradecia por poder abraçar, amar e me lembrar de alguém assim, mesmo depois de o sol nascer e a lua se pôr dezenas de milhares de vezes. Aquilo certamente era o coração da minha avó.

 Tive medo de dar meu último adeus a você. Porque isso significaria me render, aceitar finalmente o fato de que você não está mais neste mundo. Tinha medo de que restasse apenas um vazio existencial e emocional no lugar que você deixou. Mas, indo para Soyang-ri, percebi que lá ainda está cheio de vovó. O som do vento que soa como ondas que ouvíamos juntas, as memórias abrigadas sob os raios de sol, ainda estava tudo lá. O tempo parou ali e podia revivê-lo repetidamente, a qualquer momento.

 E lá também havia novos começos. O depósito foi transformado em um pequeno café. Olhando para a fundação semigasta, parecia que estava olhando para outra versão da vovó. Acho que as pessoas que visitarem esse lugar também serão consoladas e fortalecidas pelo toque caloroso da Extraordinária Cozinha dos Livros de Soyang-ri. Observando o céu noturno daquele lugar, pensei que você talvez continue a iluminar aquele lugar, como a luz das estrelas. Os livros daquela loja conduzirão as pessoas para o mundo das histórias, e as canções que fluem de lá as libertarão.

 Hoje compus uma música para você. Não inclui minha voz, não tem técnicas elaboradas, nem reviravoltas emocionantes, mas é a música *que mais me representa. É parecida com o som do vento soprando nas encostas de Soyang-ri. É como o som das ondas do Havaí que gostaria de ouvir com você. É parecida com a luz das estrelas cravejando o céu durante a noite. Você também consegue ouvir a melodia de algum lugar, certo? Enquanto eu a tocava, rezei para que a alcançasse em algum lugar no universo.*

Te amo, vovó.

Sua netinha, Dain.

O som das ondas veio serenamente, como se respondesse à carta de Dain. Não houve lágrimas. Era uma noite tão pacífica, feliz e calorosa que não deixava espaço para a tristeza. Ela adormeceu enquanto ouvia novamente a versão demo da peça de piano. Sentia-se acolhida, como quando dormia no colo da avó.

Epílogo 2
Hoje, há 1 ano

As portas automáticas de vidro se abriram, revelando um enorme saguão. Com pé-direito de dez metros, o saguão do térreo lembrava uma caixa quadrada cinza. O contraste entre as mesas baixas próximas às janelas e o teto elevado ressaltava a sensação de amplitude do espaço.

Inconscientemente, Yujin apertou a mão direita que segurava a bolsa. Atrás dela, ouviam-se buzinas de carros, bipes do semáforo para pedestres e passos ritmados. Ao olhar rapidamente para trás, viu a movimentada rua Teheran-ro, em Gangnam, ladeada por edifícios reluzentes. Ela voltou a olhar para a frente, respirou fundo e adentrou o saguão.

— Yujin! Aqui! — chamou *seonbae*, levantando-se de uma mesa junto à janela. — Você fez um ótimo trabalho.

O colega ao lado também a cumprimentou alegremente e veio caminhando em sua direção, quase correndo.

— O mesmo para você, *seonbae*. Chefe Kang também trabalhou muito. Mas não vão mesmo fazer nenhum evento de abertura?

— Yujin, quem ainda faz aquela cerimônia brega de cortar a fita hoje em dia? É só desperdício de tempo e dinheiro. Esse espaço foi feito para ler livros, então, se dá para ler, é o que importa, certo?

Era o dia da inauguração da biblioteca interna da empresa do *seonbae*. Em uma parte do saguão, foram colocadas quatro grandes estantes verticais para formar uma parede. Nesse espaço, o interior fora decorado com grama artificial e várias plantas, criando uma atmosfera de jardim. Assentos individuais que lembravam pequenas choupanas foram confeccionados, além de um sofá fofo para que as pessoas pudessem se aconchegar e ler. Os livros abrangiam uma variedade de gêneros. De quadrinhos a livros de física quântica, a curadoria fora diversificada, mas com predomínio de romances e ensaios leves e confortáveis que permitissem um breve relaxamento mental.

Embora fosse apenas dez da manhã, os funcionários já estavam se reunindo em pequenos grupos, escolhendo livros e conversando com uma xícara de café na mão. *Seonbae*, chefe Kang e Yujin examinavam o rosto das pessoas, da mesma forma que um chef observa cuidadosamente os clientes provando seus pratos.

— Senhor, entre os funcionários, está correndo o boato de que a biblioteca corporativa é ótima — disse chefe Kang.

— Ah, é verdade?

— Claro. E a decoração com plantas também combina perfeitamente com o nome da biblioteca.

Yujin olhou para a placa na entrada da biblioteca que dizia PASSEIO DA ALMA e sorriu de leve. O rosto sorridente de Serin surgiu em sua mente.

— Foi ideia de uma pessoa da equipe da Extraordinária Cozinha dos Livros. Ela disse que, mesmo no coração de Seul, gostaria que as pessoas pudessem relaxar como se estivessem passeando por Soyang-ri.

Nesse momento, Yujin recebeu uma notificação no celular: "Confira as fotos de hoje, há um ano".

Quando clicou na tela, apareceram os rostos de Hyeongjun e Shiwoo segurando um banner, com seus cabelos sendo ferozmente agitados pelo vento. Shiwoo estava sorrindo radiante, enquanto Hyeongjun mantinha uma expressão indiferente. Em seguida, surgiram fotos do café literário sendo banhado pela luz do sol durante a inspeção final e de uma mesa posta para o jantar, além da vista de um céu noturno brilhando como se transbordasse estrelas. Em um instante, toda a tensão derreteu-se e desapareceu, e o espaço vazio foi preenchido por um sentimento de ternura.

Yujin olhou fixamente para os rostos dos primeiros funcionários. Hoje, quando voltasse para a Cozinha dos Livros, Shiwoo e Hyeongjun não estariam lá. Hyeongjun estava em Seul há alguns meses, trabalhando como letrista em um álbum musical. E Shiwoo tirara suas primeiras férias em um ano e partira em uma viagem com os amigos. Ele voltaria depois de amanhã, mas Yujin não sabia por mais quanto tempo Hyeongjun ficaria em Seul, nem se ele voltaria para Soyang-ri quando o trabalho terminasse.

Ela se lembrou do início de tudo, quando a Extraordinária Cozinha dos Livros parecia um grande ponto de interrogação e ela não tinha certeza de nada. O ponto de partida, há um ano, era estranho e desconhecido. Mas, felizmente, nada do que ela temia e se preocupava aconteceu. Teria sido graças às pessoas? Graças ao lugar? O espaço que criara para preencher os corações vazios das pessoas acabou preenchendo o seu próprio coração.

Sem que percebesse, a vida de Yujin havia avançado para um novo capítulo. Durante o ano em Soyang-ri, algo havia mudado nela. Não tinha certeza se poderia chamar isso de crescimento, mas o fato era que a Yujin de um ano atrás e a Yujin de hoje eram definitivamente pessoas diferentes. E o mesmo valia para Shiwoo, Hyeongjun e Serin.

    Yujin deu a partida no carro. Estava voltando para a Cozinha dos Livros depois de almoçar com o *seonbae* e o chefe Kang. Pensar em Soyang-ri sem Shiwoo e Hyeongjun lhe dava uma sensação estranha. Após passar pela floresta de arranha-céus pontiagudos da Teheran-ro e dirigir por cerca de uma hora na sempre congestionada via espressa Gyeongbu, as curvas familiares das montanhas começaram a aparecer. Enquanto percorria a estreita rodovia nacional e o carro começava a chocalhar e bambolear nas curvas, ela sentiu que estava voltando para casa.

    Agora, Soyang-ri era o lar de Yujin. Embora fosse meados de março, o topo das montanhas ainda estava coberto de neve branca, enquanto a folhagem verde-claro aparecia como uma vaga lembrança abaixo das cristas. Do outro lado das montanhas, podia ver a Extraordinária Cozinha dos Livros; Yujin esperava que fosse um lugar onde os corações encontrassem descanso sempre que as turbulências da vida viessem, um refúgio secreto.

    Enquanto caminhava lentamente em direção ao café depois de estacionar, um jindo-coreano branco veio correndo até ela, abanando o rabo. Era "Sanchaeki",[22] o bichinho de estimação que adotara há um mês. Serin apareceu logo atrás, fazendo alarde. Ela estava prestes a colocar a coleira em Sanchaeki, mas o cachorro saiu

---

[22] Quer dizer "passeio", mas também é trocadilho feito da junção de san (산), que significa "montanha" com chaek (책), que significa "livro".

correndo assim que viu Yujin. Vendo de fora, o café literário e os clientes sentados, lendo livros e conversando, pareciam compor a cena de um filme.

 Nesse momento, como se estivesse esperando a sua vez, o aroma de umê foi trazido pelo vento. A árvore em plena floração se fundia com a neve branca, exalando um perfume doce e característico. No céu de Soyang-ri, onde o sol ainda não havia se posto, uma lua branca como leite pairava como uma pintura.

Palavras da autora

Certo dia, voltava de uma viagem de negócios em um voo noturno. Enquanto aguardava meu avião em um aeroporto tranquilo, sentada distraidamente na área de espera, fiquei observando a lua cheia suspensa no céu. Naquele momento, tive a impressão de que minha vida se encontrava em uma linha fronteiriça, instável. Assim como eu estava naquele espaço indefinido, sem nacionalidade, chamado área de espera do aeroporto, minha vida também parecia estagnada em um estado de espera interminável, incapaz de firmar raízes ou de me atrever a dar um passo corajoso.

Ao olhar para trás, vejo que meus trinta anos se assemelharam a um lounge de aeroporto. Tive que permanecer na zona de fronteira da vida por mais tempo do que esperava. Ao contrário do que eu planejara, meu cronograma não parava de sofrer "atrasos" e "alterações" e, por vezes, até tinha "voos cancelados". Enquanto lutava contra as ondas de casamento, mudança de emprego, trabalho e maternidade, meu coração estava constantemente agitado. Sentia como se eu fosse a única pessoa permanentemente aguardando, na lista de espera, enquanto os outros subiam em aeronaves gigantes como foguetes de volta para casa ou faziam conexões rápidas e sofisticadas para outros mundos com sucesso. Por fora, eu podia parecer animada e otimista, mas vivi com a sensação de estar à beira de uma linha divisória invisível ao longo dos meus trinta anos.

No verão de 2020, por diversas razões, deixei meu emprego e comecei a trabalhar com tradução. Quando essa mudança se somou à prolongada pandemia de COVID-19, senti como se o mundo tivesse fechado todas as portas na minha cara. Eu precisava de um mundo que me conectasse a algo. Então, comecei a devorar romances e ensaios. Ler sempre que estava estressada já era um hábito antigo meu. E não demorou muito para que uma sede profunda surgisse em meu coração. Mais do que uma sede de querer escrever, acho que seria mais preciso dizer que eu sofria de uma sede que só seria saciada se eu escrevesse. E na primavera de 2021, quando completei quarenta anos, comecei a sonhar com um mundo onde existisse a extraordinária Cozinha dos Livros de Soyang-ri.

Desde os trinta anos, tenho dado ouvidos às incessantes preocupações e aos pensamentos complexos e ruidosos dentro de mim. Mas eu sonhava com um espaço onde o coração pudesse encontrar descanso e receber conforto e encorajamento. Escrevi esta história com a esperança de que meu eu de trinta anos lesse este livro. Criei o mundo da extraordinária Cozinha dos Livros de Soyang-ri para revisitar aquele período da minha vida e recordar aquelas frações de memórias felizes. Pensei que, se meu eu de trinta anos lesse esta história, poderia atravessar os túneis sombrios que enfrentaria nessa década caminhando com um pouco mais de calma e firmeza. Acreditei que, se meus filhos pudessem ler este romance quando chegassem aos trinta, isso bastaria para me fazer feliz. Tal como a luz das estrelas que viaja por um tempo longo e distante até alcançar nossos olhos, espero e rezo para que esta minha história chegue às minhas crianças algum dia.

Aos poucos, fui me aproximando dos personagens deste livro e vivendo como se viajasse pelas quatro estações dentro desse mundo fictício. Descrevendo as mudanças distintas da natureza em cada estação e me deparando com narrativas que se assemelhavam à primavera, verão, outono e inverno dos meus trinta anos, senti como se estivesse realmente vivendo aqueles momentos e estações. Sentar em um pequeno café do bairro, lendo livros e escrevendo o romance, foi incrivelmente prazeroso. Eu admirava o panorama místico que capturei do monte Maisan e ficava imaginando como o vento sopraria na floresta e como os raios de sol brilhariam. Enquanto o sol se punha e as estrelas começavam a brilhar, escrevia pensando em como seria bom encontrar pessoas queridas, conversar e fazer uma refeição com elas. E, assim, quando me dei conta, os personagens do romance começaram a se encontrar, comer juntos, ouvir música, conversar sobre livros e tomar vinho. Sentia como se estivesse sentada ao lado deles, compartilhando histórias até altas horas.

Ao escrever meu primeiro romance, eu estive genuinamente feliz. Agora, para ser honesta, estou nervosa e ansiosa porque nunca pensei que alguém realmente leria minha história. No entanto, acredito que, se ao menos um fragmento da minha felicidade ao escrever puder chegar a alguém, então a história terá cumprido seu papel.

Espero que, ao olhar para as estrelas cintilantes, alguém fique comovido; que o som das chuvas de verão inspire uma ligação para um amigo a quem se possa abrir o coração completamente; e que a luz clara e solitária do sol de outono traga à memória as músicas que costumava apreciar. Se alguma memória calorosa, adormecida no coração de alguém que lê minha história, de repente aflorar, se alguém se lembrar de canções, histórias e pessoas tão aconchegantes quanto o sol da primavera, mesmo na sufocante e deprimente realidade, acho que meu desejo estaria completo.

Espero que, enquanto permanecem na área de espera do aeroporto da vida, os corações ansiosos e aflitos possam descansar por um momento e recarregar as energias para voltar a caminhar além da fronteira.

Entre a primavera e o verão,
em algum lugar na Extraordinária
Cozinha dos Livros.

Este livro foi composto com tipografia Electra Std e impresso
em papel Off-White 70 g/m² na Formato Artes Gráficas.